다시
만날
때까지

다시 만날 때까지

초판 인쇄	2020년 11월 5일
초판 발행	2020년 11월 20일
지은이	임지수
펴낸이	박성모
펴낸곳	소명출판
출판등록	제13-522호
주소	06643 서울시 서초구 서초중앙로6길 15, 2층
전화	02-585-7840
팩스	02-585-7848
전자우편	somyungbooks@daum.net

값 15,000원
ⓒ 임지수, 2020
ISBN 979-11-5905-561-4 03810

다시　만날

때까지

임지수 지음

소명출판

프롤로그

이 글은 25년의 짧은 생을 선천적 신체 장애와 성인이 되어서 얻은 희귀 불치병을 견디다 홀연히 세상을 떠난 맏딸 재윤이가 주인공인 나의 서사다. 내 인생의 무지갯빛 스승 재윤이와 함께 했던 굴곡진 시간과 주름진 삶의 틈과 사이에 아무도 모르게 새겨졌던 서로의 외로움과 슬픔, 절망과 희망의 변주곡이기도 하다.

누구도 깊이 알려 하지 않아 외롭고 답답했던 마음과 온전히 이해받지 못해 더 고단했던 삶은 재윤이와 나에게 같은 상처가 되어 오랫동안 서로를 괴롭혔다. 애증과 갈등, 절망과 나락의 소용돌이를 빠져나와 지친 우리가 서로를 보듬으며 이해와 사랑으로 만난 화해의 자리는 아이러니하게도 죽음의 언저리, 삶의 마지막 병상이었다. 사랑의 힘으로 삶을 꿈꾸려다 끝내 돌이킬 수 없는 죽음의 자리, 시한폭탄 같은 병상에서 우리는 사랑으로 이별을 맞았다. 자식을 먼저 떠나보낸 애미, 고통의 밑바닥에서 보낸 애도의 시간은 우리들이 지나 온 험난한 삶의 자취를 촘촘히 재구성해 주었고 그 격랑의 고요가 들려준 깊고 묵직한 깨달음은 변화와 전환의 계기가 되었다.

재윤이가 루게릭 확진을 받고 난 몇 달 후 출간된『내 인생의 무지갯빛 스승』(2015)은 재윤이의 선천적 장애가 가르쳐 준 깨달음으로 장애와 더불어 더 온전하고 자유로운 삶을 함께 살겠다는 다짐의 선언이자 열매였다. 엄마인 내가 장애를 가지고 태어난 재윤이의 숨은 진가를 알았으니 이전과는 다른 가치와 기준으로 함께 우리의 삶을 꾸릴 것이라 호기롭게 선언했던 책은 나오자마자 유물이 되고 말았다. 장애를 받아들이고 말고의 문제가 아니라 돌이킬 수 없는 병과 더불어 성큼성큼 다가오는 죽음을 바라보며 겨우겨우 '살아내야' 할 형편이었으니까. 재윤이와 손잡고 우리만의 꿈을 키우면서 긍정적으로 살겠다는 소망은 장애가 있건 없건 '이 땅에서 살아 숨 쉬는' 사람들의 이야기가 아니겠는가.

또 다시 남모를 좌절과 절망에 몸부림치며 투병과 간병을 이어가던 중 이듬해 2016년 파리 국제도서전에 책이 출품되었다는 소식을 들었다. 졸저를 눈여겨 본 선정위원들 덕에 누린 작은 기쁨은 재윤이가 휠체어에 오래 앉아 있기도 힘든 시기였기 때문에 기념비적 역사의 현장은커녕 집에서 가족들과도 마음껏 누릴 수가 없었다. 축제의 주인 격으로 그 자리에 함께하지 못하는 아쉬움보다 하루하루 병세가 악화되어가는 재윤이의 병상을 지키는 엄마의 사명이 내게 더 중요했기 때문이었다. 불치병, 시한부 선고를 받은 딸의 목숨을 담보로 하는 장거리 여행은 재윤이와 함께 쏟은 20여 년의 땀과 눈물의 대가를 즐기고 만끽하기엔 만만치 않은 번거로움과 희생이 전제되어 한 번밖에 없는 기회를 포기할 수밖에 없었다.

꽃처럼 피어나 젊음을 만끽하고 누릴 인생의 절정기에 느닷없이 마주친 루게릭을 견디며 시한부로 살아야 하는 가혹한 운명은 뜻 모를 저주의 사형 선고나 다름없었다. 재윤이와 함께하기엔 너무 짧은 시간, 루게릭과 함께하기엔 너무 긴 시간. 운동신경과 근육의 마비로 시작해 끝내는 죽음에 이르게 하는 루게릭으로 인해 병상에서조차 옴짝달싹 할 수 없었던 재윤이와의 짧고도 긴 3년여 시간은 절망의 끝에서 길어 올린 생수처럼 귀하고 소중한 마지막 사랑의 엑기스였다.

사람이 보기에는 바르나 필경 죽음으로 가는 길이 있는가 하면 차마 듣고 보기도 힘든 불행의 자리가 은혜와 축복의 통로가 되기도 한다는 것을 바로 이 죽음의 문턱, 고난의 용광로에서 재윤이와 함께 경험하였다. 드라마틱한 인생, 알 수 없는 삶이 가져다 준 역경이자 우리가 짊어져야 할 십자가였다.

여성, 장애인, 희귀 불치병 환자라는 사회적 약자의 3관왕을 쓰고 마지막까지 삶의 무게를 꿋꿋이 견뎌낸 재윤이야말로 가장 약한 자를 통해 강한 것을 부끄럽게 하시는 하나님의 섭리를 이 땅에서 보여준 인간 승리의 원형이 아닐까.

위로받지 못한 마음과 그래서 더 외로워진 마음을 글로 풀어 나를 위로하고 싶었다. 마지막 순간까지 의연했던 재윤이 앞에서는 차마 표현할 수 없었던 고통과 고이고 쌓여 더는 둘 곳 없는 슬픔을 털어내기 위해 펜을 들었다.

처절하게 치열했던 마지막 3년, 우리가 지나온 병상의 러브스토리와 재윤이가 남기고 간 최후의 승전고, 사랑하는 딸을 잃은 나와 가족의 남은 이야기가 또 다른 누군가의 이별과 상실의 아픔, 고인 슬픔에 위로가 된다면 그 또한 나의 위로가 될 것이다.

장애와 불치병이 어떻게 삶과 희망이 되고 불멸의 승리로서 죽음을 통과한 생명이 되었는지. 그 죽음이 남아 있는 우리에게 어떤 이야기로 거듭나 오늘을 딛고 내일을 살아갈 소망과 사랑이 되는지. 그리고 삶과 죽음의 여백과 이면, 틈과 언저리에서 이방인처럼 서성이던 재윤이와 내가 찾아낸 참 자유에 대한 경험과 생각과 마음을 천천히 문장에 담았다. 재윤이의 삶이 감히 넘볼 수 없는 위인전이 아니라 바로 주변에서 경험할 수 있는 우리의 이야기가 될 때 의기소침해진 자신을 돌아보고 잃었던 용기를 되찾아 다시 살아갈 힘을 얻지 않을까.

사람답게 살아보려는 희망을 안고 안간힘을 쓰며 발버둥치던 우리의 지난날이 불치병과 영원한 이별로 수렴된 쓰리고 아픈 시간을 지나는 동안 '지금', '여기', '살아있음'에 대해 다시 생각해 보게 되었다. 우리의 삶이 절망에서 희망으로, 죽음에서 삶으로, 추락에서 날개로 변화할 수 있음은 어떤 모양과 형태로든 바로 '지금 여기서 살아 숨 쉬고 있는' 생명을 전제로 한 도약이며 전진이라는 걸 잊어서는 안 된다. 그것이 생명과 삶을 오늘의 희망이고 내일의 가능성이라 말하는 이유이기도 하다. 살았으나 죽은 자가 아니라 희망과 열정을 가지고 깨어 사는 사람처럼 변화의 가능성을 품고 오늘을 살아가는 것이야말로 삶의 진정한 의미가 될 것이다.

이중고, 삼중고를 넘는 총체적 난관의 종합 세트, 세상과 운명의 비웃음과 조롱을 한몸에 받아내며 누구도 흉내내기 어려운 그랜드 슬램의 위업을 이루어내고 평화롭게 세상을 떠난 재윤이의 향기가 아직도 주위를 맴도는 것만 같다. 어쩌면 나는 평생 그 향기를 맡으며 남은 삶을 살게 될지 모른다. 재윤이가 그토록 갈망했던 생명과 건강, 끝까지 놓지 않았던 열정 그리고 희망의 발자취가 나뿐 아니라 각자 걸어가는 꿈을 향한 발걸음에 빛을 밝히는 등대가 되기를 바라는 마음으로 용기를 내었다. 더불어 이 책이 사람에 대한 공감과 이해의 폭을 넓히고 상처 입은 사람에게 내어주는 곁과 품이 되기를 소망한다.

사랑의 말이 넘쳐나는 지금도 여전히 외롭고 언제나 갈망하게 되는 '사랑'이 어쩌면 서로에 대한 존중과 이해, 공감과 소통의 부족에서 시작되는 건 아닐까.

재윤이가 온몸으로 가르쳐 준 작고 볼품없고 연약하여 우리가 놓치고 사는 기본과 원형의 사랑을 다시 한번 생각해보고 차근차근 실천하는 일은 여전히 남은 우리의 몫이다.

존재와 대상이 나와 우리의 삶에 의미가 되기 위해서는 사랑과 관심이 전제되어야 하는 것처럼. 엄마가 자식에게 그러하듯, 재윤이가 세상에 대해 그러했듯.

손을 뻗으면 닿을 듯 가깝고도 먼 곳에서 하얗게 웃고 있을 무지갯빛 재윤이와 언니를 잃고도 힘든 시간을 꿋꿋이 견뎌내고 있는 동생 채림이, 그리고 재윤이를 떠나보낸 슬픔을 가장의 무게만큼 짊어진 채 가족의 울타리가 되어주는 과묵한 남편에게 차마 목이 메어 여태 전하지 못한 뜨거운 사랑을 보낸다. 자의 반 타의 반 동네의 정신적 지주로 평생직 마을 이장을 꿈꾸는 정선 태 교수님과 물처럼 자유로우면서 물 샐 틈 없는 영혼 김란경 님의 큰 도움으로 책이 되었다. 무심한 듯 시크한 개성으로 꼼꼼하게 원고를 살펴준 덕에 문장이 풍성해졌다. 감사의 마음이 크다.

무엇보다 죽음의 늪, 절망의 구렁텅이 그리고 나와 가족의 모든 여정 속에 늘 함께 동행하며 역경을 견디고 이겨낼 힘과 은혜를 폭포수같이 쏟아 주신 아버지 하나님께 무한한 감사와 찬미와 영광을 올린다.

멍든 가슴에서 퍼 올린 글과 문장이 못난 엄마가 전하는 못 다 준 사랑 한 조각이 되어 하늘에 닿을 수 있었으면…….

2020.10
흩날리는 그리움을 다시 쓸어담으며

차례

프롤로그   5

투병과 간병 ─────────── 15

단골손님 ── 17

꿈을 꾸다 ── 24

눈물의 웨딩 사진 ── 30

루게릭, 빛나는 절망의 이름 ── 36

머리와 가슴 사이 ── 42

몸 바친 성취 ── 50

사람, 환자와 보호자 ── 56

까르페 디엠 ── 62

휠체어 투혼 ── 71

절박한 곁눈질 ── 80

그 몸 나 주지 ── 87

마지막 가족 여행 ── 94

장지葬地 그리고 장지長地 ── 105

反 연명 치료 선언 ── 117

또 하나의 가족 ── 124

예지몽 ── 131

기사이적奇事異蹟 ── 136

안녕 내 사랑 ──────── 143

마지막 3일 ── 145

새, 훌쩍 날다 ── 160

사랑이 떠나가네 ── 166

사망신고 ── 173

그 후로도 오랫동안 ── 177

스물여섯 번째 생일 ── 186

이사 가던 날 ── 191

첫 번째 기일 ── 198

못다 한 이야기 ──────────── 201

한숨 ── 203

너의 이름은 ── 205

삼세번 ── 207

가을을 남기고 떠난 사람 ── 217

저기 ── 222

깊은 우울 ── 226

안나푸르나 ── 232

위로의 방식 ── 241

애인 있어요 ── 246

깕 ── 249

다시 만날 때까지 ── 254

에필로그 259

투병과 간병

단골손님

　고등학교 졸업 후 재윤이가 확실한 진로를 결정하지 못해 머뭇거릴 무렵 학교 소속 지역 복지관 내 카페에서 바리스타로 일할 기회가 주어졌다. 공부라면 진저리를 내는 재윤이에게 진학은 딴 세상 이야기였고 불편한 몸으로는 아르바이트도 여의치 않아 소속도 없이 어정쩡해진 시기에 카페에서 첫 사회생활을 하게 되었다. 성인이 된 후 사회의 일원으로 노동을 통해 인간관계와 소속감을 갖는다는 것은 재윤이에게 크나큰 긍지와 보람이었다. 더구나 직업 교육으로 배우게 된 바리스타 일은 재윤이에게 기대만큼이나 흥분된 설렘이었다. 사람 좋아하는 재윤이가 하게 될 첫 직업이 엄마인 내게도 기대 반 설렘 반으로 다가왔지만 과연 신체적 조건과 체력이 그것을 감당할지는 못내 우려되었다.

　원만한 성격과 편안한 미소로 상대를 무장해제시켜 남녀노소 누구라도 금방 친구로 만드는 재윤이의 장점 덕에 카페에는 점차 인근 주민들 가운데 단골손님이 생겨났다. 심지어 친한 이웃이 별로 없는 프랑스인 아기 엄마와는 날마다 모닝커피로 정을 나누는 사이가 되었다. 관심과 사랑을 담은 바디랭귀지와 표정과 눈빛의 글로벌한 소통은 무엇보다 사람에 대한 선입견이나 편견이 없었던 재윤이의 품성 덕분이었다. 사람의 마음을 꿰뚫어 보는 본능과 직관으로 자기만큼이나 관심과 사랑을 갈구하는 사람들에게 따스한 표정과 선한 응대로 진한 커피에 넉넉한 마음까지 담아내었다. 차별 없이 친절한 미소로 응답하고 공감해주는 사람을 좀처럼 만나기 어려운 요즘 세상에서 재윤이는 누구나 부담 없이 다가가 마음을 주어도 좋은 존재였는지 모른다. 재윤이를 찾는 카페의 단골손님들은 단지 한 잔의 커피가 아니라 사랑과 공감이 필요한 사람들이 아니었을까.

간단한 인사말 정도의 영어 실력으로 길을 묻는 외국인을 목적지까지 택시 태워 보내거나 퇴근길 도로에서 교통사고를 당한 할머니를 위해 119를 부르고 응급차가 올 때까지 보호자 역할을 했던 에피소드는 재윤이 안에 숨겨진 담대함과 용기를 보여 준 감동 실화로 남아 있다. 부실하고 허약하여 언제나 누군가의 도움을 받아야 했던 재윤이의 이처럼 당차고 대범한 행동은 부족한

| 복지관 내 카페에서

외모 안에 감춰진 타고난 자비로움과 휴머니즘이 아니고는 도무지 설명할 길이 없다. 유전자로는 입증이 불가능한 용기와 자비의 DNA. 예기치 않은 상황 속에서 자연스레 나타나는 것이 인간의 숨길 수 없는 본성이라면 재윤이는 이미 경지에 도달한 자비와 사랑의 완전체가 아니었나 싶다. 그때 처음으로 나는 재윤이의 웅숭깊은 내면세계와 존재의 의미에 대해 오래도록 생각해 보았다.

카페에서 일한 지 일 년이 되어갈 무렵, 재윤이는 일이 힘들다는 말을 여러 번 했다. 작은 공간에서 반복적인 일을 하는 것도 지루하고 사람들이 한꺼번에 몰리는 점심시간에 뜻대로 빨리 움직여 주지 않는 손발 때문에 스트레스가 많았던 모양이었다. 게다가 오후가 되면 너무 피곤하여 앉아 있기조차 힘들다고 울먹였다. 그만두고 싶다는 말만 뺀 읍소에 가까운 호소였다. 처음 시작할 때 했던 기대와는 다른 힘겨운 일의 강도로 얼굴엔 지친 기색이 역력하였다. 얼마나 힘들면 이럴까 싶었지만 쉽사리 싫증내고 그만둔다면 할 수 있는 일이 몇이나 될까 걱정스러웠고 또 습관처럼 자주 힘든 일을 포기하게 될까봐 선뜻 그만두라고 할 수가 없었다. 주 3일 하루 8시간이면 그리 나쁘지 않은 근무조건이고 복지관에 딸린 카페라 환경도 괜찮다고 생각했다. 진로를 결정하고 나서 카페를 그만두도록 설득하면서도 일이 힘들어 그만두고 싶은 마음과 생각만큼 따라주지 않는 몸으로 일을 지속하기는 어려울 것 같아 우선은 재윤이의 영양 섭취와 체력 보강에 힘을 모았다. 기운을 보충하면 조금은 수월해질 거라 여겼다.

그 무렵 재윤이는 집과 카페에서 무게를 못 이겨 컵이나 잔을 떨어뜨린다거나 갑자기 다리에 힘이 풀려 넘어져 다치는 일들을 심심찮게 경험했다. 매일 오르내리던 계단 앞에서 머뭇거리거나 흔들리는 버스 안에서 손잡이를 놓치는 바람에 넘어져 긁히고 멍이 들었다. 카페에서 일하다 이유 없이 넘어져 이마가 찢어지는 바람에 인근 병원으로 실려 가거나 출근길 혼잡한 지하철 계단에서의 낙상사고로 코뼈가 부러져 구급차를 타고 응급실로 직행하는 대형사고까지 겪었다. 한 달이 멀다 하고 병원 응급실 신세를 지게 된 카페 노동은 그렇게 막을 내려야 했다. 여태 이름난 대학병원의 정형외과, 성형외과, 재활의학과, 물리치료실 등에 이름을 올린 단골이긴 했지만 응급실까지 접수하게 될 줄은 몰랐다.

그리하여 고등학교 졸업 후 1년은 카페에서 단골손님을 맞는 친절한 카페지기로, 그 다음 1년은 병원 응급실을 찾는 상처투성이 단골손님으로 보내게 되었다. 허약한 몸 때문에 사고가 일어나고, 그 사고 때문에 더욱 쇠약해지는 불행의 연쇄 고리. 일정 패턴의 연속된 사건 사고를 단순한 실수나 해프닝으로 넘기기엔 뭔가 석연치 않은 구석이 있었지만 불길한 예감을 애써 외면하는 심정으로 나는 응급실 사고 수습에만 전념했다. 우연이 겹치면 필연이라는 걸 진즉 깨달았어야 했다.

진로를 정하고 나서 카페 일을 정리하려 했던 애초의 계획은 출근길 사고로 코뼈가 부러지는 바람에 두 번 다시 고민할 것도 없게 되었다. 기어이 몸을 다쳐 피를 보고 나서야 국면을 전환하는 안일함은 때늦은 후회만 불러올 뿐이었다. 소 잃고 외양간 고친다는 속담은 꼭 미련한 나를 두고 하는 말 같았다. 연이은 사고에도 그의 건강을 과신하며 차일피일 결정을 미루는 사이 재윤이의 몸과 마음은 점점 상처로 허물어지고 있었다. 내 생각에만 몰두하느라 재윤이의 건강과 일 그리고 시간을 아끼려는 야무진 계획까지 모두 허사가 되고 말았다. 사람과의 관계나 희망찬 미래도 건강한 몸이 있어야 가능한 것이라 우선 다친 몸의 회복에 전념하기로 했다. 재윤이를 찾던 카페 단골손님들의 아쉬움과 안타까움을 시원섭섭한 마음으로 전해 들으며 시작한 요양이 끝을 알수 없는 투병으로 이어지게 될 줄은 상상도 하지 못했다.

마음속에 단골손님들의 향기를 묻어둔 채 제 몸의 상처로 요양 환자가 된 재윤이는 두 번 다시 그들을 만나 보지 못한 채 잔혹 동화 같았던 그때를 두고두고 추억해야 했다. 재윤이와 눈을 맞추며 이심전심 온기와 정을 나눴던 카페의 단골손님들은 재윤이를 어떻게 기억하고 있을까.

꿈을 꾸다

넘어진 김에 쉬어간다고 꼼짝없이 집안에 갇혀 엄마의 간호를 받으며 요양해야 하는 재윤이는 처음에 우려했던 것과는 달리 되려 그 상황을 즐기는 눈치였다. 카페 일로 버거웠던 의무와 책임감으로부터 자유로워진 홀가분함과 휴식의 달콤함으로 얼굴엔 화색마저 돌았다.

나는 반가웠으나 재윤이에게는 버거웠던 주 3일 낮 시간 카페 노동. 내 기준과 판단을 내려놓고 재윤이의 호소에 진심으로 귀 기울이며 입장을 바꿔 생각했다면 여러 번 몸을 다치는 불상사를 피할 수 있었을 것이다. 진지하게 상대방의 마음을 헤아리고 귀 기울여 듣는 것이 얼마나 중요한 일인지 한번 더 깨닫게 되었다. 어쩌면 재윤이는 진로를 고민할 시간을 아끼고 싶었던 욕심 많은 엄마의 마음을 먼저 헤아려 주느라 카페에서 끝까지 최선을 다해 애를 썼던 건 아니었을까.

호기심 많고 사람을 좋아해 늘 집 밖으로 나가고 싶어 했던 재윤이가 외부와 단절된 채 요양을 하게 된 걸 보며 내 욕심과 잘못된 판단이 재윤이의 성향과 미래까지 바꾸거나 망칠 수도 있을 것 같아 못내 미안했다. 내 딸 재윤이는 나와 다른 존재이며 내가 알지 못할 미래를 살아갈 주인공이라는 사실을 놓친 채 단지 지나간 내 경험으로 미래를 판단하고 설계했던 잘못이 그제서야 보였다. 과거는 미래를 내다보게 하고 미래는 현재를 견인할 수 있지만 과거로는 미래를 이끌지 못한다는 엄연한 진리를 되새겼다.

온종일 홀로 재윤이를 돌보면서 아이가 성인이 되었어도 끝없이 뒷바라지를 해야 하는 내 처지에 나는 그저 한숨만 나왔다. 몸이 아픈 환자를 곁에 두고는 여유는커녕 일상생활도 쉽지 않거니와 가족과 환자를 위해 매끼 두 번씩 식사를 준비하고 건강이 회복되기를 바라며 신경을 곤두세워 일거수일투족을 보살피는 일은 시간이 지날수록 버겁고 무거웠다. 네 식구의 크고 작은 일상을 도맡으며 삼식三食이 환자 재윤이와 함께 사는 것은 일인이역 주인공이 소품과 엑스트라까지 되어야 하는 일인극과도 같았다.

아이들이 자라면서 시간 여유가 생기는 친구들을 보면 여행이나 취미생활은커녕 잠시도 쉴 수 없는 내 처지가 한없이 처량했지만 엄마가 자식을 돌보는 당연한 일을 무슨 벼슬이라도 되는 양 생색내는 것 같아 누구에게 하소연도 할 수 없었다. 독박육아를 할 때 느꼈던 소외감과 수술 후 간병의 스트레스가 되살아나는 기분, 겪어보지 않으면 알기 힘든 버겁고 끈적한 느낌이었다. 누구와도 공감할 수 없는 생활, 동시다발 멀티 플레이어가 아니면 하기 어려운 일상 속의 간병, 그래서 온전히 나 혼자 해내야 하는 태산 같은 일들은 나를 더욱 외로운 독립군으로 만들었다.

지난 20여 년 딸의 장애를 함께 짊어지고 사는 동안 탈탈 털어내고 남은 실오라기 같은 욕망조차 허락되지 않는 것이 내 운명인 것 같았다. 나 역시 휴식과 위로가 필요한 보호자였지만 재윤이가 건강을 회복하여 다시 제 일상과 삶을 살게 될 그날까지 꾹 참고 견뎌보기로 했다. 이런 운명은 희소한 '한정판 명품'이 아니라 자체 제작된 '거세된 욕망 특별판'이라 해야 맞을 것이다.

재윤이가 어려서부터 받아 온 수차례 정형외과, 성형외과 수술, 손과 발의 깁스로 지냈던 무덥던 여름, 그리고 유모차를 끌고 일과처럼 다녀야 했던 물리치료실. 고달팠던 지난날을 생각하면 이쯤은 아무것도 아니었다. 아무리 싫다고 몸부림 쳐봐도 내 삶과 몫은 피할 수 없는 나의 것임을 알려 준 지난 경험과 노하우가 다시 나를 심기일전하게 해 주었다. 아니 스스로를 위로하기 위해 과거를 소환하여 어려움을 이겨 낼 주문을 외우고 있는 것 같기도 했다. 만사를 형통하게 하는 마법의 지팡이, 엄마라는 존재에게 씌워진 사회적 함의를 나 역시 모성의 이름으로 받아들이고 있었다. 견디기 힘든 운명을 극복하기 위해.

언제나 엄마가 곁에 있어 주길 바라는 아기와도 같고, 삼라만상 이치를 깨달은 도인과도 같은 나의 골수 단골손님 재윤이는 지속적인 치료와 요양에도 좀처럼 나아질 기미가 보이지 않았다. 걸음걸이가 더 느리고 불안해 보였다. 팔과 손도 전과 달리 움직임이 부자유스러웠다. 재윤이와 내가 꿈꾸는 가깝거나 먼 미래의 희망은 당연히 건강을 전제로 한 것이었지만 아주 편안하고 더 환해진 얼굴로 조금씩 쇠약해지는 그의 몸은 우리의 바람과는 달리 회복에서 조금씩 멀어지고 있었다. 알 수 없는 불안과 풀리지 않는 의문을 곁에 두고 머잖은 회복과 건강한 일상을 희망하던 낯설고도 익숙한 시간 속에 내가 있었다.

알 것 같으면서도 미궁으로 빠져드는 것만 같은 이상한 느낌을 도무지 떨칠 수가 없었지만 진인사대천명盡人事待天命, 최선을 다하면서 하늘의 명을 기다리는 마음으로 시시때때로 일어나는 불안과 두려움을 잠재워 가며 오로지 치료와 요양에 힘썼다.

출근길 사고로 부러졌던 코뼈가 겨우 붙어가던 그해 초겨울

| 사고 후 요양할 무렵

저녁, 재윤이는 바닥에 놓인 책을 집으려다 얼굴이 곧장 바닥에 부딪히며 넘어지는 바람에 코뼈가 또다시 부러졌다. 위로해 준다며 나를 불러낸 이웃들과 오랜만에 회포를 풀던 그날 그 시간, 재윤이는 "쿵!" 하는 거친 소리와 함께 방에서 피를 흘리고 쓰러졌다. 더 이상 혼자서는 몸을 가누기 어려울 것 같다는 불길한 예감에 우리는 똑같이 휩싸여 있었다. 팔과 다리의 기능이 전과 같지 않은 것이 분명했다. 특히 그날 일어난 사고는 옆방에 있던 동생 채림이에게 심한 충격과 트라우마를 남겼다. 작은 소리에도 크게 놀라거나 심장이 벌렁거린다며 힘들어했다. 소리와 함께 연상되는 그 날 언니의 사고 장면 때문에 두고두고 괴로워했다.

막연했던 두려움, 어처구니없는 일이 현실의 공포로 엄습했다. 엎친 데 덮치고 상처에 염장 지른다는 말은 재윤이의 코뼈가 다시 부러지는 사고에나 어울리는 말일 것이다.

응급실, 수술, 안정과 요양 그리고 또 다시 반복되는 사고와 간병. 다람쥐 쳇바퀴가 따로 없었다. 원인을 모른 채 일어나는 사고와 오랜 요양에도 아랑곳하지 않는 몸의 쇠약을 더는 관망만 할 수 없었다. 눈앞에서 벌어지는 일들이 현실 아닌 꿈dream이길 바라면서 재윤이와 나는 현실을 넘어선 꿈hope을 잃지 않으려 안간힘을 썼다.

낭떠러지가 코앞에 있다는 걸 꿈에도 모른 채.

눈물의 웨딩 사진

한때 장성한 자녀들과 함께 예복을 입고 찍는 리마인드 가족 웨딩 촬영이 유행이었다. 이 한 장의 사진 속에는 청춘 남녀의 만남과 결혼, 아이들의 출생과 성장, 가족 간의 갈등과 화해 등 시간의 추이에 따르는 삶의 희노애락과 허다한 이야기들이 가족 한 사람 한 사람의 표정과 안색, 눈빛과 주름에 고스란히 녹아 있다. 사진 촬영을 전후한 소소한 일상뿐 아니라 멀거나 가까운 각자의 미래까지 담겨 있어 한 컷의 사진이 품은 의미와 무게가 더 무겁게 느껴지기도 한다.

그 의미가 남달라 기회가 되면 아이들과 꼭 한번 찍고 싶던 가족 웨딩 사진을 재윤이의 서프라이즈 선물로 결혼 23주년에 찍게 되었다. 사람들과 함께 나누는 즐거움을 인생 모토로 삼는 재윤이가 엄마의 오랜 바람과 자기 때문에 힘들어하는 아빠를 위해 야심차게 준비한 이벤트였지만 정작 나는 간병에 지쳐 혼자

조용히 쉬고만 싶었다. 하지만 요양 중에도 가족들을 위해 이벤트를 마련해 준 재윤이의 고운 마음에 호응하느라 못이기는 척 사진 촬영에 따라나섰다.

두 번의 낙상사고 후유증으로 곁에서 부축하지 않으면 흔들흔들 금방이라도 넘어질 것 같은 재윤이를 돌봐가며 하는 촬영은 아슬아슬한 긴장을 동반하는 가슴 쫄깃한 이벤트였다. 재윤이가 겪은 예사롭지 않은 사고와 쇠약한 몸만 아니라면 이보다 더 좋을 수 없는 순간이었지만 환한 미소를 담은 가족사진을 남기기 위해 남몰래 치러야 할 가슴앓이와 잠재워야 할 불안감은 달달한 현실마저 어두운 꿈결로 만들었다. 울어야 할 비극의 주인공이 화사하게 웃고 있는 것 같은 비현실적 느낌으로 생뚱맞고 민망했다. 나는 울 수 없어 웃고 있었다. 쇼도 아니고 연기도 아닌 참담한 촬영 현장, 웃고 있어도 눈물이 난다는 노래 속 가사가 우리의 현실이 될 줄이야.

엄마의 작은 소망을 이루어 준다는 보람과 자신의 주도로 가족사진을 찍는다는 기쁨으로 한껏 들떠 난방도 제대로 되어 있지 않아 몸을 오싹하게 만드는 추위와 여러 번 옷을 갈아입어야 하는 번거로운 과정마저 즐기는 재윤이가 그나마 힘든 마음에 위로

| 동물옷을 입은 가족사진

| 가족 웨딩사진

가 되었다. 가족들이 짓는 재미난 표정과 웃음이 보고 싶어 요리조리 눈을 맞추기 바빴던 재윤이는 시종일관 신나고 즐거운 놀이터의 아이 같았다. 재윤이는 가족들의 미소에 더 활짝 웃어주었고 나는 곱고 예쁜 재윤이의 그 빛나는 웃음을 먹먹한 마음에 가득 담아두었다.

넘어질 듯 아슬아슬한 순간을 위태롭게 넘겨 가며 다양한 포즈로 찍은 사진 속엔 재윤이가 주인공이었다. 상처나 고통의 흔적이라곤 찾을 수 없는 사진 속에서 재윤이는 가장 환하게 반짝였다. 누구보다 그 순간을 즐기던 재윤이는 우리들의 마음속 두려움과 좌절이라는 깊고 어두운 터널 속을 재미있게 달려주는 모노레일 같았다. 밝고 천진한 표정으로 주위 사람을 힐링시키는 재윤이는 근심을 동반하는 위로자였다.

어떻게 알고 우리는 가족사진 촬영을 서둘렀던 것일까. 바로 열흘 후 재윤이는 휠체어에 앉아 불치병 확진을 받았고 한 달 뒤에는 단 1분도 혼자 서 있기 힘든 몸이 되어버렸다. 남편 또한 그동안 집과 직장에서 혼자 누르고 삭인 스트레스로 인해 가족사진 촬영 삼 일 만에 얼굴 한편에 마비가 와 두어 달의 통원치료를 받아야 했으니 말이다. 한 번도 힘든 내색 없이 식구들을 살피면서 묵묵히 크고 작은 일들을 도맡아 온 수퍼맨 같았던 남편의 힘겨웠던 심정이 병든 얼굴에서 고스란히 전해졌다. 의연한 척, 괜찮은 척 사는 우리는 하나같이 따뜻한 보살핌과 위로가 필요한 사람들이었지만 아무도 우리가 외줄타기하는 것 같은 불안과 스트레스 속에서 죽을힘을 다해 살고 있다는 걸 눈치채지 못했다.

식구들을 바라보며 환하게 웃고 있는 재윤이 옆에는 가족을 위해 둘러놓은 울타리가 행여 무너질세라 고군분투하는 남편과 무거운 마음으로 병든 언니를 안타깝게 바라보는 외로운 동생이 함께 있었다. 자신의 쾌유를 조금도 의심치 않는 재윤이와 우리는 서로 같은 듯 다른 미소를 지으며 스포트라이트 아래서 함께 빛났다.

아빠가 입은 까만 연미복과 세 여자가 걸친 흰 드레스가 화사하게 어우러진 가족사진에는 오래고 고통스러운 과거와 현재, 한 치 앞을 알 수 없어 더욱 두려운 미래에 대한 진한 눈물이 촉촉이 배어 있었다.

루게릭, 빛나는 절망의 이름

"불행을 피하려고 독 안에 숨었더니 독이 깨지더란다."

운명의 집요함과 불가피성을 이처럼 간단명료하게 표현한 말이 또 있을까. 끝까지 주인공을 찾아내어 그의 삶을 쥐락펴락 하는 얄궂은 운명의 엄중함이라니. 어릴 적 외할머니로부터 스치듯 들은 이 말이 삶의 고비마다 생각나는 것은 어차피 거스를 수 없는 운명을 피하지 말고 당당히 맞서 극복하라는 숨은 가르침 때문이었을 것이다. 어린 나에게는 불가항력적 운명의 힘이 헤어나올 수 없는 두려움으로 각인된 선명한 문장이었다.

단골 환자로 등록된 인근 국립 S대 병원은 예약 후 대기가 너무 길어 하루 빨리 원인을 찾고 싶은 성급한 마음에 입소문 난 집 근처 신경과 전문의를 먼저 찾았다. 이런저런 검사 뒤 알 수 없는 표정으로 큰 병원에 가서 정밀진단을 받아보라는 그의 심각한 권고가 석연찮은 뒤끝으로 남아 가슴을 짓눌렀다. 원래 불안과 공포는 막연한 사실에 상상을 덧씌울 때 극대화되는 법이니까.

며칠 뒤 다시 인근 종합병원에서 반나절에 걸친 갖가지 심층 정밀검사를 받았다. 웬만한 아픔은 참아내는 재윤이가 사지를 덜덜 떨며 눈물, 콧물 범벅이 되어 견뎌야 했던 두려운 검사들은 땀으로 끈적해진 재윤이의 작은 손만 힘껏 잡아 줘야 했던 내게도 무섭고 괴로운 일이었다. 10cm도 더 되는 길이의 두꺼운 주사바늘을 마취도 하지 않은 어깨와 다리에 찔러 넣는 장면은 검사가 아니라 고문이었다. 그 긴 바늘을 찌르고 돌려대는 고통은 고스란히 재윤이와 나의 것이었다. 시작만큼 끝을 알 수 없어 더 괴롭게만 느껴지는 자식의 고통을 엄마라는 이름으로 지켜만 보는 것은 생살을 찢는 아픔이었다.

아무런 폭력적 위해 없이도 받는 극도의 고통이 있다면 바로 눈앞에서 아픔으로 절규하는 자식을 무기력하게 바라보아야만 하는 부모의 고통이 아닐까. 생후 백일이 갓 지난 아기 재윤이가 수술용 링거를 맞기 위해 작은 몸에 수도 없이 찔러대는 주사바늘의 고통을 까무러치는 울음으로 홀로 감당해야 했을 때도 엄마인 나는 저미는 가슴을 움켜쥐고 대책 없이 눈물만 흘렸었다.

담당의사는 원인도 알 수 없을 뿐더러 나타난 증상과 몇 가지 검사만으로는 정확한 병명을 말하기 어렵다며 난처한 표정으로 고개를 저었다. 아무래도 큰 병원에 가봐야 할 것 같다는 그의 말은 물건을 다 헤집어 놓고 본사에 의뢰해 보라는 수리기사의 말보다 더 무책임한 변명으로 들렸다. 지역 종합병원에서도 찾아낼 수 없는 병이라면 고치기도 어려운 흔치 않은 병이라는 뜻인가.

반나절의 검사로 거의 초죽음이 다 된 재윤이와 함께 집으로 돌아오는 길은 나 또한 반쯤 넋이 나가 있어 쉽고도 뻔한 도로 위를 한 시간 넘게 헤매 돌았다. 꼬리에 꼬리를 무는 불안한 상상으로 진이 다 빠져 화를 내거나 울 여력도 없이 허깨비 같은 몸을 뒤척이느라 어둡고 긴 그 밤을 하얗게 지새웠다.

오랜 절망과 고통의 시간을 지내고도 피치 못할 운명처럼 다시 찾은 국립 S대 병원. 이번엔 어린 재윤이를 안고 초조한 발걸음으로 문턱이 닳았던 소아정형외과를 지나 본관 신경외과에서 몇 날에 걸쳐 몸의 여러 기관을 샅샅이 살피는 힘겨운 검사를 하였다. 무겁게 가라앉은 마음을 추슬러 힘겨운 검사를 받는 과정은 오고 가는 시간과 거리만큼이나 피곤하고 고단했다. 원인을 찾기 위한 고통스러운 검진이 완쾌의 희망으로 수렴되기만을 바라면서 결과를 기다리는 동안 하루하루 피가 마르는 기분이었다.

답답한 마음에 재윤이의 증상과 상태에 대한 의학적 의문을 풀고자 나름 백방으로 알아낸 병명은 도저히 믿을 수 없는 이름,

'루게릭'(근위축성 측삭경화증)이었다. 젊은 나이에는 발병 확률이 지극히 낮다는 불치의 희귀병 '루게릭'. 운동신경의 퇴행성 질환으로 사지에 힘이 약해져 자주 넘어지고 기력이 떨어져 금방 피곤해지며 손이 마르는 초기 증상을 보이는 병이라 했다. 지금까지 재윤이에게 나타났던 증세나 사고와 대체로 일치하여 반박의 여지가 없었지만 그렇다고 순순히 인정하기도 어려웠다.

소름 돋는 상상과 낭떠러지로 내몰리는 듯한 압박감으로 정신이 혼미해지면서 점점 절망의 늪으로 빠져들었다. 확진 전에는 그 어떤 부정적인 상상도 하지 말자고 수없이 되뇌이며 만에하나 루게릭이 아닐지도 혹은 기적적으로 병을 이겨낼지도 모른다는 여러 갈래의 실낱 같은 희망의 끈을 놓지 않았다.

검사 결과를 확인하는 날 혹시 사형 선고와 같은 병명을 같이듣게 될까봐 재윤이를 배려한 시나리오를 짜놓고 담당의사를 만났다. 불안에 떠는 환자와 보호자를 앞에 두고도 시큰둥한 표정으로 시종일관 컴퓨터만 응시하며 증상과 검사 결과를 에둘러 말하던 그에게 재윤이를 잠시 진료실 밖에서 기다리게 해 달라고 요청하였다. 휠체어의 재윤이를 밖에 앉혀두고 '루게릭'이 맞냐고 조심스레 묻자 당황한 듯 우리 부부를 쳐다보던 그는 희귀 난치성환자에게 국가가 지원하는 '산정특례대상자' 지정으로 검사 결과를 알렸다. 검사가 더 필요하면 입원 오더를 내리겠다는 냉담하고 무심한 의사를 뒤로 하고 집으로 돌아가는 길은 산산이 무너져 복잡해진 마음처럼 교통 체증으로 사방이 꽉 막혀 있었다.

겨울 오후의 시리듯 쨍한 햇살은 암흑과도 같았고 검붉은 운명은 우리를 단단히 옭아매어 원치 않는 곳으로 곧장 데려갈 기세였다. 악화일로인 운명을 탓할 기력조차 없었지만 눈치 빠른 재윤이를 곁에 두고 한숨을 쉬거나 울 수도 없어 복받치는 서러움을 속으로 꾸역꾸역 욱여넣고 시시한 농담으로 기분을 맞춰 주면서 손에 든 음료만 일없이 홀짝거렸다. 잘 먹고 잘 쉬면서 편안한 마음으로 요양을 하면 머잖아 나을 거라는 말을 한 치의 의심도 없이 받아들인 재윤이의 표정은 구름 사이 햇살처럼 환하게 빛났다.

절망의 끝자락과 희망의 원천이 나란히 앉아 서로 다른 색깔과 엇갈리는 명암으로 차창 밖 저 너머 뜬구름을 바라보며 각자의 앞날을 그리고 있었다.

지금까지 재윤이와 함께했던 희노애락의 모든 순간이 일시에 무의미해져버린 것 같은 허탈함과 아찔한 혼란스러움으로 정신이 아득하였다. 절망과 분노, 억울함과 슬픔에 갈기갈기 찢어지는 가슴은 끓는 용암이 되어 나를 녹이는 것 같았다. 그러나 모질고 도 야멸찬 운명 앞에서 아무런 말도 할 수가 없었다.

머리와 가슴 사이

무지개만 바라보고 앞으로 내달리다 일곱 빛깔 언저리 천길 낭떠러지 앞에서 망연자실해진 나. 막다른 골목까지 내몰린 쥐는 뒤를 쫓던 고양이에게 죽자 살자 달려든다지만 나를 궁지로 내몬 실체 없는 운명의 고양이에게는 그럴 수도 없었다. 내 앞에서 벌어진 모든 상황에 넋이 나가 그저 말문이 막힐 따름이었다.

선천적 사지 장애로 어려서부터 여러 차례의 전신마취 수술과 함께 일상적인 멸시와 모욕을 숨 쉬듯 받아내다 끝내는 시한부 희귀병에 걸린 재윤이. 그의 존재와 삶까지 끌어안고 꾸역꾸역 살아오다 죽음의 문턱까지 동행해야 하는 나의 기막힌 운명의 서사를 순순히 받아들일 수가 없었다. 가시밭을 헤쳐 애써 도달한 곳이 되돌아갈 수도 없는 죽음의 늪이라니. 이 끔찍하고 가혹하기만 한 인생의 주인공이 왜 나와 재윤이여야 하는지 도무지 알 수 없었다.

정신을 차리고 숨을 고를 시간이 필요했지만 그럴 여유도 없었고 그럴 처지도 아니었다. 바로 곁에는 자신의 몸이 서서히 마비되는 것을 흔쾌히 감수하며 머지않아 건강해질 거라 기대하는 재윤이가 눈치도 없이 햇살 같은 미소로 나만 바라보고 있었다.

날벼락 같은 우리의 상황과 내 안에서 일어나는 수만 가지 불길한 상상과 두려움을 뺀 모든 일상은 어제와 다름없이 순조롭고 평화롭게만 흘러갔다. 그 거대하고 평온한 일상의 흐름 속에는 누군가의 숨죽인 절규와 억눌린 분노, 어떤 이의 애끓는 탄식과 절망의 끝자락이 조각조각 숨어 있었고 보이지 않는 그 한 조각의 고통과 아픔은 오롯이 나의 것이었다. 치미는 분노와 감당할 수 없는 혼란과 어찌할지 모르는 당황스러움을 조금도 내색하지 않은 채 앞으로 전개될 상황에 대비한 차가운 이성과 초인적 용기만이 필요한 시점이었다.

재윤이처럼 웃을 수 없는 나는 엄마처럼 울 수 없는 재윤이와 함께 어제와 다름없는 일상을 이어가야 했다. 눈물이 날 때마다 손을 씻는다며 화장실에 들어가 흐르는 물에 눈물을 보탰고 울분이 차오를 때마다 베란다 창문을 열고 한숨을 내쉬었다. 울컥 터지려는 눈물 때문에 재윤이를 똑바로 볼 수가 없을 때는 감기를 핑계로 눈물 콧물을 함께 닦아냈다. 혼자 장을 보러가는 차 안, 세상과 단절된 나만의 자리는 그나마 내가 마음 편히 울 수 있는 유일한 공간이었다.

남편은 남편대로 나는 나대로 서로 다른 입장과 책임감으로 틈틈이 생각을 정리하고 이야기를 나누었지만 막상 수위를 넘어선 슬픔 앞에서 서로가 서로에게 충분한 위로가 되지는 못했다. 비극의 주인공, 정작 모두의 위로를 받아야 할 재윤이는 속도 없이 환하게 웃고만 있는 역설의 현장에서 남편과 나는 감정을 최대한 자제하기로 했다. 절망의 침묵과 희망의 미소가 함께 만나는 깊고도 무거운 일상은 천연덕스러운 가벼움 속에서 흘러가고 있었다. 무대의 주인공은 비탄에 잠긴 조연들이 아니라 환하게 웃고 있는 재윤이였으니까.

재윤이의 충격적 비보에 지인, 가족들 역시 말을 잇지 못하였고 그 어떤 누구의 말도 위로가 될 수는 없었다. 때때로 말보다 따뜻한 마음으로 전하는 위로가 깊이 와 닿기도 하였고 진정성 없는 립서비스로 자신의 위안을 삼는 사람들의 위로 아닌 위로 때문에 상처가 되기도 하였다. 삶을 송두리째 뒤흔드는 지진, 쓰나미와 같은 내 고통이 평온한 그들의 일상에 불쑥 나타난 가십이나 흥미로운 이야기처럼 느껴질 땐 불쑥 한기가 밀려왔고 사무치는 외로움에 몸이 떨렸다. 위로와 공감보다 소식만을 궁금해하는 호기심 어린 관심이 나를 더 힘들게 하였다. 입장 바꿔 생각하는 것도 아무나 할 수 없는 능력이고 품격이라는 걸 알게 되었다.

운동신경 세포가 점차 사멸하여 호흡근 마비로 수년 내에 사망에 이른다는 불치병. 사지가 굳어 손가락 하나 까딱하지 못하는 지경에 이르러도 정신은 멀쩡하여 사리 분별과 이성적 판단을 할 수 있다는 잔인하기 이를 데 없는 루게릭. 끝내는 호흡과 섭식을 돕는 관들과, 고인 가래를 뽑는 각종 첨단 기계에 의지해야만 연명할 수 있는 무서운 질환. 생각과 상상만으로도 진저리나고 끔찍한 루게릭의 증상이 재윤이를 통해 우리 앞에서 고스란히 진행될 것이었다.

머리와 가슴, 이성과 감성은 쉴 새 없이 상반된 소리들을 질러대고 있었지만 아무도 내면의 거친 외침과 갈가리 찢기는 듯한 가슴의 통곡을 듣지는 못했다.

'병명에 사로잡혀 휘둘리지 말고, 너무 멀리 내다보거나 앞당겨 슬퍼하지도 말고, '오늘'만 생각하자구.'
— '내가 애미인데 어떻게 그럴 수 있어?

시간은 한정되었고 끝이 뻔하잖아.

사람의 감정이 마음먹은 대로 되는 거냐구!'

'인생의 길이보다는 삶의 질, 품위와 방향이 중요한 거라잖아.'

— '신체적 장애 때문에 지금까지 받은 상처가 아물지도 않았는
   데 뭘 해 보기도 전에 꼼짝없이 병석에 누워야 하는 거야?'

'수천 수만의 인생이 맞닥뜨린 허다한 고통과 슬픔 중 하나잖아.
우리의 처지를 침소봉대針小棒大하지도 말고 있는 그대로만 바라
보자구.'

— '더 아픈 사람 쎄고 쎘으니 엄살떨지 말라고? 내 손에 가시가
   박히면 그만큼 아픈 거지 뼈 부러지지 않았으니 괜찮은 건가?
   내 자식이 죽고 사는 문제인데 한가하게 팔짱 긴 채 바라만
   보고 있을 애미가 어디 있어?'

'운명에 맞서 버티거나 저항하지 말고 담담하고 차분하게 극복
해야지.'

— '대체 운명은 왜 우리한테만 이렇게 가혹한 거야?
   버티고 맞장뜨면 어쩔 건데?'

'네가 선 곳이 절벽이라면 절망을 안고 추락하지 말고 저편 너머 무지개를 바라보며 용기 내어 힘껏 날아 보자구.'

— '정말 지긋지긋해.

절망을 안고 추락을 하든 한을 품고 끝장을 보든 상관 마!'

'우리에겐 부활과 영생의 믿음과 소망이 있잖아.

그리고 사람의 생각과 하늘의 뜻은 분명 다르다 했어.'

— '그럼 재윤이는 이번 생에 장애와 병을 온몸에 달고 내도록 고생만 하고 살다 부모보다 일찍 죽어 부활하려고 태어난 존재인가? 또 나는 장애를 뒷바라지하는 것도 모자라 자식 앞세우고 남은 평생 가슴 찢긴 채 껍데기로만 살아야 하는 거야?

이렇게 가차 없고 잔인한 게 하늘의 뜻이냐구?'

누구와도 나눌 수 없는 마음의 흐느낌과 의문들을 가슴속 메아리로만 주고받으며 불쑥불쑥 올라오는 뜨거운 울분을 삼키고 또 삼켜야 했다. 하루하루 죽음을 향해 가는 자식을 아무런 치유의 희망 없이 씩씩하게 간병하는 것도, 슬픔을 억누른 채 쓰러지지 않고 끝까지 버텨내는 것도 오롯이 나와 남편 둘만의 몫이었다. 지독한 외로움 속에서 적진을 바라보며 죽을 각오로 총을 든 독립군처럼, 전쟁의 결기와 간병의 온기가 만나는 곳에 우리가 버티고 서야 했다.

허상에 휘둘릴 것인가 본질을 직시할 것인가가 앞으로 나와 우리의 시간을 좌우할 것이다.

다만 누구도 대신할 수 없는 내 고난에 어떤 두려움도 보태지 않기로 했다. 억울한 과거나 두려운 미래에 연연하지 말고 '오늘, 지금, 여기, 살아 있음'에 집중할 것이다. 병명에 쫄지 않고 편견이나 고정 관념에 사로잡히지도 말고 하루하루 재윤이의 병과 더불어 당당하게 우리의 삶을 살기로 마음먹었다. 치료가 불가능한 재윤이의 매일매일이 악화일로라면 가장 건강한 바로 '오늘'에 집중하고, 울고 짜도 달라질 게 없다면 차라리 웃을 것이다. 어차피 알 수도 없고 피할 수도 없는 운명과 인생이라면 인상 쓰며 불평하기보다 웃으며 감사하는 게 더 나을 것 같았다.

내 앞에 닥치는 그 어떤 불운이나 어려움에 두 번 다시 휘둘리지 않겠다고 주먹을 불끈 쥐었다. 세상 어느 누구도 예상치 못한 방법으로 이 상황을 장악하고 극복하겠다고 다짐했다. 우리에게 주어지는 매일의 '오늘', 빛난 하루를 감사와 기도와 웃음이라는 하늘의 무기로 살아낼 것이다. 내 생각의 한계를 넘어 선 하늘의 뜻이 무엇인지는 훗날 언젠가는 알게 되겠지.

이것이 나를 벼랑 끝으로 몰아간 얄궂은 운명을 향해 내가 전심전력을 다해 휘두를 마지막 한 방이 될 것이다. 절망의 구렁텅이에서 허우적대다 몸과 마음이 피폐해져 나도 함께 제물이 될 것을 기대하던 검은 운명이 뜻밖의 반격에 움찔 뒷걸음치다 꽁무니를 빼고 물러갈 것을 상상하며 입술을 깨물었다.

머리와 가슴 사이에서 시작된 극단의 소리들이 한걸음씩 서로를 향해 다가가 나를 지탱하는 불기둥의 중심에서 함께 타오르는 것 같았다. 사납게 나를 녹여내던 불꽃이 온기가 되어 따스하게 전해졌다. 어느 누구에게서도 받아 볼 수 없던 촉촉한 위로가 눈물이 되어 흘렀다.

오뚝이처럼 다시 일어나 나를 흔들어대는 어떤 힘에도 끄떡없이 견뎌내야 하는 내 삶의 방식 역시 달라질 수 없었다. 갑옷을 벗을 수 없는 전쟁터의 장수처럼 물결이 아무리 거세진다 해도 내 중심을 잡고 물결을 타거나 거스르며 승리의 고지를 향해 나아가야 한다. 제 인생의 키를 쥔 누구라도 그러하듯.

이제 운명을 마주 보며 우뚝 설 때가 되었다.

몸 바친 성취

아니 땐 굴뚝에 연기 날 리 없듯이 대체 무엇이 젊은 재윤이를 루게릭으로 몰아갔는지 궁금하였고 그 이유를 꼭 알고 싶었다. 원인을 알아야 그와 유사한 병을 사전에 예방할 수 있고 증상을 완화시킬 수 있는 실낱같은 방편이라도 찾을 것 아닌가. 양가의 가족이나 친인척, 조상 중에는 그런 경우가 없어 가족성 유전자 때문이 아니라 다른 요인, 바이러스나 독소, 과도한 운동 등이 병을 일으킨 요인일 것 같았다.

재윤이가 선천적 사지 장애로 태어났을 때에도 담당의사는 몇 가지 사실만을 확인하고는 심드렁한 표정으로 정확한 원인을 알 수 없다고 했다. 전문가의 하나마나한 답변을 답답한 마음으로 흘려듣고 오랜 시간 나름대로 애써 찾아낸 원인 중 하나는 양수 부족이었다. 그래서 작은 아이를 갖기 전부터 물을 더 자주 마시는 습관을 들였고 영양과 섭식과 심신의 안정에 더욱 주의를 기울였다. 장애가 염려되니 임신을 신중히 고려하라는 담당의사의 말은 장애아가 또 태어날지 모르니 고생하지 않으려면 임신을 하지 말라는 경고였다. 하지만 재윤이의 사지 장애가 부모의 유전자와는 아무 상관도 없는 것이었음은 신체 건강하고 어떠한 장애도 없이 태어난 작은 아이가 보란듯이 증명해 주었다.

오진에 대한 두려움 때문에 소극적인 태도를 보이는 의사를 애써 이해하며 일상의 사소한 습관 하나하나가 삶의 방향을 크게 좌우한다는 것을 깨닫게 된 계기였다. 어디 그뿐인가. 무심코 뱉어 버린 부주의한 말 한마디나 상대를 존중하지 않는 습관적 태도, 무시하는 말투가 생사를 가르기도 하는 세상이니.

아무도 설명해 주지 않는 재윤이의 발병 원인을 찾기 위해 20여 년 전처럼 그의 일상이나 생활 패턴, 크고 작은 사건, 사고들을 천천히 되짚어보기로 했다. 사지에 장애가 있어 무리한 운동이나 힘든 활동을 할 수도 없었던 재윤이가 제일 잘하고 좋아했던 것은 수영이었다. 초등학교 5학년부터 꾸준히 해 오던 수영이 성에 차지 않았는지 고등학교를 졸업할 무렵엔 스쿠버 다이빙에 도전하고 싶어 할 만큼 재윤이는 건강하고 열정이 넘쳤다. 이따금 학교에서의 체육 활동이 조금 무리하다 싶을 땐 여지없이 한 달 넘게 통원 치료를 받거나 발에 깁스를 하기도 했지만 길고 번거로운 치료가 끝나면 별 탈 없이 회복되곤 했다.

어긋난 두 다리로 뒤뚱대고 다니면서도 하고 싶은 일을 찾아 하고 만나는 사람들과의 좋은 관계를 이어간 것처럼 완전하지 않은 손으로 비즈 공예를 배워 멋진 악세사리도 만들었다. 웬만한 집중력이 아니면 정상인도 하기 힘든 비즈 공예로 재윤이는 교사 자격증까지 취득하였다. 신체적 장애도 긍정적으로 받아들이고 마음까지 건강하고 씩씩했던 재윤이에게는 그 어떤 것도 삶의 장애가 될 수 없었다. 마음만 먹으면 못할 것이 없는 자신감 갑의 작은 거인, 내공의 끝판 왕이었다.

학교에서 가기로 한 전국 일주 자전거 하이킹은 사실 재윤이에게 무리인 것 같아 나는 걱정부터 앞섰다. 하지만 봄부터 선생님의 지도로 다져 온 체력과 속초 자전거 하이킹 절반의 성공 덕에 재윤이도 할 수 있을 것이라 우려 섞인 기대를 하게 되었다. 집을 떠나 선생님, 친구들과 함께 자전거로 전국 일주를 하게 된 흥분에 들떠 재윤이는 힘차게 자전거 페달을 밟고 떠났다. 자기 체력과 몸 상태로는 감당하기 힘든 피로와 부족한 휴식, 충분치 못한 영양 섭취와 미진한 장비로 인한 추위 속에서도 친구들처럼 끝까지 해내겠다는 굳은 의지로 마침내 재윤이는 완주에 성공했다. 하지만 완주를 위한 모든 조건과 현실이 실은 재윤이에게 너무나 버겁고 감당키 어려운 것이었다. 이상과 열정만 가지고 이루기 어려운 성취의 환상에 취해 나도 그만 우리의 현실과 처지를 잊고 재윤이를 지지하고 격려만 했었다. 너도 할 수 있다고. 더 꼼꼼히 살피고 챙겨줬어야 할 많은 것들을 잊고 달콤한 립서비스만 날린 셈이었다. 프로선수나 정상인도 하기 어렵다는 하이킹을 해내고도 그것이 믿기지 않기는 재윤이나 나나 마찬가지였다. 온몸을 불사른 성취, 자신감이 이뤄낸 기적의 이면엔 성취를 감당치 못한 재윤이의 몸이 소리없이 아우성 치고 있었는지 모른다.

하이킹에서 돌아온 후부터 이따금 재윤이는 걷거나 서 있을 때도 두 다리가 자전거 페달을 밟고 있는 것처럼 공중에 붕 뜬 것 같이 무감각하거나 자기 발이 아닌 것처럼 얼얼하다고 하였다. 그것을 재윤이가 난생처음 경험한 고난의 행군, 자랑스런 성취에 대한 귀여운 투정이나 볼멘소리라 여겼던 나는 시간이 지나면 괜찮아질 거라며 대수롭지 않게 생각했다. 얼음을 뒤집어쓴 듯 무감각하고 얼얼한 느낌, 근육이 수축되어가는 루게릭의 신호였을지 모르는 그 고통을 승리의 훈장으로만 치환하여 그저 웃어넘긴 것이었다. 여러 번의 호소에도 시큰둥한 반응을 보였던 엄마의 태도 때문이었는지 이후로는 제 몸의 이상을 토로하지 않았다. 다만 행동이 전보다 훨씬 느리고 더뎌졌고 전과 달라진 서툰 일상 때문에 나는 줄곧 신경이 쓰였다. 팔다리의 둔한 놀림에 깜짝 놀란 적이 많았다.

바로 다음 해, 재윤이는 총감독을 자처하며 친구들과 3박 4일 기차 여행을 떠났다. 차표부터 숙소, 일정, 먹거리까지 스스로 기획하고 여행 가방을 꾸릴 때의 넘치는 자신감은 자전거 하이킹의 성공에서 비롯된 것임을 알 수 있었다. 그런데 여행 도중 친구들과 횡단보도를 건너다 갑자기 다리 힘이 풀려 넘어져 다치는 사고가 생겼다. 재윤이뿐 아니라 친구들과 주변 사람들까지 크게 놀랐던 위험천만한 상황이었다.

이때부터 재윤이는 지금까지와 다름없는 일상 생활 속에서 뜬금없는 사건, 사고들로 인해 수시로 곤란에 처했다. 언제부턴가 조그만 커피 잔이 무거워져 양손을 써야 한다거나 버스의 계단을 오르지 못해 쩔쩔매고 머뭇대는 바람에 뒷사람들의 따가운 눈총을 받는다고 푸념을 늘어놓기도 했다. 한번은 내 차가 신호등에 걸려 몸이 살짝 기울 정도로 급정지를 했을 뿐인데 뒷좌석에 앉아 있던 재윤이는 그대로 튕겨나가 바닥으로 넘어져 누워 신음을 한 적도 있었다. 몸을 보호하기 위해 반사적으로 나가야 할 팔과 손이 아무 역할과 작동을 하지 않았던 것이었다. 너무 황당하고 어이가 없었지만 실수라고 여기며 지나치기엔 어쩐지 이상하고 찜찜했다. 정신 차리라고 야단을 치고 긴장하라고 주의를 줘도 소용이 없었다.

재윤이의 긴장이나 집중과는 아무 상관없이 다리와 팔은 본능적 운동신경과 순발력이라는 제 기능을 잃어 얼굴과 몸통의 수난이 계속되었다. 이유 없이 다리에 힘이 풀려 버스나 카페에서 넘어질 때마다 얼굴이 긁히거나 멍이 들고 이마가 찢어지곤 했다. 돌이켜보니 그땐 이미 다리뿐 아니라 팔과 손에 마비가 진행되던 시기였다. 재윤이가 여름을 사이에 두고 연달아 지하철역 계단과 자기 방에서 넘어져 코뼈가 부러지는 사고를 당하게 된 것도 우연은 아니었다.

마녀에게 목소리를 내어주고 다리를 얻은 인어공주처럼 전국일주 자전거 하이킹이라는 상위 1% 일생일대의 성취가 돌이킬 수 없는 불치의 병을 불러 온 것이었을까. 감당키 힘든 과업을 이뤄내고 처음이자 마지막으로 맛본 성취의 흥분이 채 가시기도 전 재윤이에게 닥친 연이은 사고는 절망의 서막, 불치의 병을 알리는 신호탄이었다.

몸 바친 성취, 그 짜릿한 승리의 대가는 너무나 혹독한 죽음의 관문이었다.

사람, 환자와 보호자

갈등과 혼돈의 와중 불치병에 대한 불안이나 다가오는 죽음의 두려움에 앞서 나와 남편은 우리 앞에 닥친 어려움과 슬픔을 서로 나누고 상황을 정리해야 했다. 재윤이의 간병과 언제 일어날지 모를 또 다른 난관에 불협화음을 내지 않아야 스트레스 없이 한마음으로 이겨낼 수 있을 것 같아 서로 긴밀하고 따뜻한 위로와 소통이 요구되는 시점이었다. 재윤이 홀로 겪어야 할 루게릭의 고통이나 주로 나 혼자 치러내야 할 간병의 괴로움만큼 우리 가족이 함께 헤쳐나가야 할 우리 가족의 고비 또한 둘의 일치된 힘이 아니면 불가능하다는 것을 서로 잘 알고 있었다.

우선 발등에 떨어진 불부터 끄고 차분히 하나씩 해결해 가기로 했다. 중증 장애인에게 주어진 복지 혜택을 받기 위해 재윤이의 장애 등급을 갱신하러 지역주민센터에 장애인 등급 갱신 신청 서류를 제출했다. 그리고 장애인 복지관에서 교육 봉사를 하면서 알게 된 휠체어 대여 서비스와 간병 서비스도 신청하였다.

끝을 알 수 없는 간병에는 재정적인 부담도 만만치 않아 국가에서 지원하는 복지 혜택을 최대한 받을 필요가 있었다

병의 증상과 진행, 상태와 치료 등 관련 정보를 인터넷과 입소문을 통해 찾아 확인하면서 우리가 믿고 신뢰할 만한 병원과 전문의를 선택하기로 했다.

남편은 주로 간병과 치료, 복지 혜택을 받기 위한 여러 정보를 찾거나 행정기관에 문의, 확인하고 나는 그 정보를 토대로 발품을 팔면서 재윤이를 돌봤다.

필요한 복지 혜택을 받기 위해 장애 등급을 갱신하고 관계기관에 신청을 하러 다니면서 재윤이의 간병과 함께 네 식구의 일상을 돌보는 것은 말처럼 쉬운 일이 아니었다. 하지만 아무리 벅차고 어려워도 해결해야만 할 내 일이었다. 몸이 불편한 재윤이를 집에 혼자 두고 일을 보러 다니는 것이 불안하기 짝이 없었지만 치료와 간병을 위해 시급한 일이었기 때문에 시간을 아껴가며 하나씩 처리해 나갔다. 장거리 마라톤 선수가 100미터 육상선수처럼 전력 질주하는 것 같은 나날이었다.

곤경에 처했을 때 일을 부탁하고 돌보아 줄 수 있는 마음 편

한 사람이 곁에 없다는 게 얼마나 아쉬운 일인지는 같은 어려움을 당해 본 사람만이 알 것이다. 돈은 둘째 치고 마음이 불편해서 사람을 함부로 집에 들이지 못하는 예민한 성격 탓에 하나부터 열까지 모든 일을 혼자 처리하느라 정신이 없었다 성격이 운명이라더니 사방팔방 동분서주, 안과 밖에서 신경을 곤두세운 채 발바닥에 불이 나듯 몸을 움직여 해내야만 하는 일들의 연속이었다. 광야에서 찬 바람을 온몸으로 맞는 것처럼 몸과 마음이 거덜 났지만 병든 재윤이의 고통을 덜어주기 위해 내 건강과 인간다운 삶은 당분간 보류하기로 했다.

이따금 내 의지로 나를 희생하는 일이 생각보다 쉬울 때가 있다. 현기증이 나고 어지러워 잠시라도 쉬고 싶을 때나 몸과 마음이 녹초가 되는 날은 할 일이고 뭐고 딱 드러눕고만 싶은데 내 손길을 기다리는 재윤이를 생각하면 없던 힘이 생기는 것처럼 기운을 차려 다시 몸을 움직이게 된다. 호된 운명이 나를 부려먹으려고 작정을 했는지 그럴 때마다 에너지를 부어주는 모양이었다.

우리는 절박했지만 세상은 느긋했고 나는 간절했지만 상대는 냉담했다. 일분일초에 조바심이 나는 나와는 달리 바쁠 게 하나 없는 공무 집행 과정은 느리고도 복잡하여 도움은커녕 불필요한 힘을 쓰게 만들었다. 자료가 부족하다며 번번이 신청서가 반려되어 장애 등급 갱신이 차일피일 미뤄지는 바람에 재윤이가 1급 복지 혜택을 받게 될 무렵엔 멀쩡했던 나마저 병들어 누울 것 같았다. 전산 시스템과 인터넷의 놀라운 발전은 이익이 생겨나지 않는 복지 분야와는 무관한 것인지 도움이 절박한 사람의 편리를 위해 작동되지 않았고 처음부터 끝까지 환자나 보호자가 불편하고 힘든 몸을 움직여야만 하는 일투성이었다. 재윤이를 집에 두고 혼자 돌아다니며 일을 처리하는 것도 힘들었지만 상세한 상태와 증상을 증명하기 위해 아픈 재윤이를 휠체어에 태워 수차례 병원을 오가는 일 또한 힘겹고 벅찼다.

국가를 속여 복지 혜택을 받는 사람들을 걸러내는 정교한 방식으로 재윤이같이 거동이 불편한 환자와 보호자가 불이익을 받는 것은 불편 부당한 일이었다. 복지 혜택을 누리기 위해 제도와 시스템의 노예가 된 환자와 장애인 그리고 보호자가 이리저리 휘둘리며 공무원의 편의를 돕는 것 같았다. 환자의 필요에 도움을 주는 게 아니라 가만히 책상 앞에 앉아 절박한 그들의 도움을 받고 있었다. 내규, 관례, 규정의 덫에 걸려 일 처리가 한없이 늘어지는 동안 복지와 행정의 중심에 있어야 할 '사람'은 온데간데없는 형국이었다. 담당자도 잘 모르는 규정, 사람을 도우려는 의지가 보이지 않는 복지 행정. 대체 이게 누구를 위한 복지이며 무엇을 위한 공무집행인지 헷갈릴 지경이었다.

그러는 사이 몇 달이 훌쩍 흘러 재윤이는 실내에서도 휠체어를 타야 할 정도로 병세가 악화되었고 내 속은 새까맣게 타들어갔다. 이건 마치 불길이 번지고 있는데 몇 미터 이상 불길이 솟아야 호스를 댈 수 있다는 어처구니없는 소방 규정을 들먹이며 화재를 키우는 것과 다르지 않았다.

게으르고 무정한 복지 행정이 재윤이의 몸과 내 마음의 병을 키워 간 장장 6개월여 만에 장애 등급 갱신이 갱신되었고 그제서야 간병 도우미 서비스를 받을 수 있었다. 더 늦었더라면 탈진과 화병으로 나까지 누워버렸을지 모른다. 기약 없는 행정 처리 스트레스와 종일반 간병에서 벗어난 내가 낮 동안의 여유로 숨통을 틀 수 있게 된 것만도 천만다행이었다.

한편 믿고 신뢰할 만한 전문의를 찾는 일도 시급했다. 몸이 아파 품격마저 떨어진 하찮은 인간으로 환자를 대하는 의사가 아니라 몸이 아픈 환자와 마음이 아픈 보호자를 자기와 동등한 인격으로 존중하고 대우하는 의사. 자신을 찾아온 환자를 지금껏 치열하게 살아왔고 아직 이루고 싶은 꿈과 열정이 남아 있으며 머잖은 쾌유의 소망을 가진 소중한 한 '사람'으로 바라보는 의사. 값비싼 기계를 사용하는 불필요한 치료 대신 아픔에 공감하는 마음과 진실한 소통으로 회복 의지와 희망을 이끌어 내 환자에게 꼭 필요하고 적절한 치료를 하는 의사.

죽음의 문턱에서 떨고 선 수많은 환자와 보호자는 어쩌면 뛰어난 능력을 지닌 냉정한 의사보다 사람의 온기가 흐르는 마음 따뜻한 의사에게서 더 큰 안정과 치유를 받게 될지 모른다. 어차피 사람 목숨의 길고 짧음이 하늘의 뜻이라면 마음이라도 편하게 진료를 받고 싶은 게 인지상정 아닐까. 재윤이의 불치병과 죽음이 두려워 목이 굳은 의사 앞에 비루하고 비굴한 환자와 보호자가 되고 싶지는 않았다. 많은 정보와 오랜 수소문 끝에 그나마 우리의 뜻에 맞는 전문병원과 의사를 찾아 진료를 시작하게 되었다.

태산 같아 보이는 크고 작은 일들을 하나둘씩 처리하고 차근차근 풀어가는 동안 투병과 간병의 고된 일상과 진료 또한 우리만의 삶의 모습이 되어갔다. 절박함이 만들어 낸 집중과 노력이 시간의 흐름 속에서 결실을 맺어가는 사이 죽음으로 가는 어둠의 통로에도 실낱같은 희망이 보이는 것 같았다. 그제서야 좌절과 고통의 눈물 속에 있는 빛과 사랑의 입자가 조금씩 느껴지기 시작했다.

까르페 디엠

재윤이의 호흡은 날로 미세하게 얕아졌고 팔다리 신경과 근육도 조금씩 마비되어 몸은 마르고 얼굴은 창백해졌다. 젊은 육체에 깃든 왕성한 혈기와 생기가 생각보다 빠르게 병세를 악화시키는 것 같았다. 밥도 잘 먹고 소화력도 왕성해 아직은 좋은 컨디션을 유지하는 소화 기관과 달리 마비가 진행되어 무감각해진 손과 발, 얕고 가쁜 숨소리가 나를 숨 막히게 했다. 사레드는 횟수가 잦아져 악화되어 가는 기도와 나빠지는 폐의 상태가 고스란히 느껴졌다. 휠체어나 침상으로 옮길 때 손에 닿는 재윤이의 몸은 전과 달리 딱딱하게 마른 나무토막 같아서 부축하기가 더 힘들어졌다.

그 무렵 담당 주치의는 재윤이의 안정과 자가 호흡을 돕는 치료를 위해 입원 오더를 내렸다. 신경과 근육의 마비를 멈추거나 되돌릴 수는 없었지만 낮과 밤, 활동과 수면 중의 더 안정적이고 편안한 호흡을 돕기 위한 조치였다.

지금껏 재윤이가 수술을 위해 수없이 해왔던 입원은 정상적 신체로 더 나은 삶을 살기 위한 날갯짓이었다. 그러나 이제는 생존을 위한 힘겨운 몸부림이 되어버렸다. 좀 더 나은 몸으로 삶의 질을 높이려 했던 진료가 어떻게든 하루라도 더 살아내기 위해 숨쉬기를 배우는 생존 치료로 바뀐 것이었다. 지금까지 우리가 재윤이의 삶을 위해 공들였던 노력과는 아무 상관도 없는 정반대의 내리막길. 믿음과 소망을 가지고 어려움을 감수하면서 매진해 왔던 모든 일이 하루아침에 무의미해진 셈이다. 재윤이를 위해 지금까지 들여왔던 시간과 정성을 생각하면 분하고 억울해서 견딜 수가 없었다. 어쩌면 지금까지 살아온 것조차 내 의지와는 아무 상관이 없었던 건 아니었을까 의심스러울 지경이었다.

힘들어도 힘든 줄 몰랐던 예전에는 재윤이가 어렸고 나는 젊었으며 더 나아질거라는 희망으로 고생을 감당할 수 있었다. 하지만 지금은 중년을 훌쩍 넘긴 내가 성인이 된 침상의 재윤이를 데리고 숨쉬기를 배우러 가야 하는 처지라 입원 가방을 꾸릴 때부터 손과 발에 기운이 다 빠졌다.

중증 호흡기 환자들이 장착해야 하는 필수 기계들 때문에 공간이 넓은 병실에는 재윤이의 전·후 증상을 추이별로 보여주는 환자들이 칸마다 누워 있었다. 보는 것만으로도 병증과 상태가 설명이 되는 환자들의 모습은 절망스럽기만 했다. 언젠가는 재윤이도 저런 모습이 될 거라 상상하면 소름이 끼쳤다.

27세에 원인을 모른 채 얻게 된 루게릭으로 3년 넘게 병상에 누워 있다는 30세 청년은 호흡, 섭식, 배설 모두를 기계와 관에 의지한 채 24시간 간병을 받고 있었다. 눈 깜빡임으로만 의사를 표현할 수 있는 그는 1년에 한 번씩 몸 상태를 체크하기 위해 사다리차와 응급차를 함께 불러 한 몸이 된 기계들을 곁에 두고 입원을 한다고 했다. 침상에 누워 초점 없는 시선으로 허공을 바라보는 아들 옆에는 눈물조차 말라버린 엄마가 익숙한 간병을 하고 있었다. 연명 치료라도 아들이 눈앞에 살아있다는 것을 위안 삼는 듯 질곡의 하루하루가 일상처럼 보였다.

다리보다 팔에 먼저 마비가 온 40대 후반의 남자는 가족이나 보호자도 없이 입원을 하였다. 겨우 걸을 수만 있을 뿐 팔과 손을 쓸 수 없는 그 환자는 혼자서 할 수 있는 일이 거의 없어 곁의 보호자들이 눈치껏 도와야 할 형편이었다. 가정의 안과 밖, 두 몫의 책임을 홀로 짊어진 아내는 파김치가 된 모습으로 늦은 밤 남편 곁에 잠시 머물다 곤한 몸을 누일 집으로 총총히 사라졌다. 기댈 언덕 하나 없는 가난과 무기력한 고난이 두 사람의 오랜 아우라가 되어 있는 듯 했다.

보호자의 부재로 생길 수밖에 없는 화장실에서의 어려움과 실수로 청소 도우미의 심한 욕설과 잔소리를 묵묵히 듣고 있던 그의 민망하고 낙심한 표정은 병실 모두의 심정과 맞닿아 있었다.

몸에 부착된 여러 기계의 전기 코드 하나만 빠져도 생존이 위태로운 혼수상태의 50대 남성은 상태가 제일 심했다. 가래 끓는 소리와 기계음이 뒤섞인 반복된 소음은 온종일 끊이지 않았고 병상을 지키는 아내는 밥 먹을 시간도 없을 것 같았다. 쉴 새 없이 기계를 살피고 남편을 돌보느라 지친 기색이 역력한 얼굴은 까칠하고 푸석했다. 밤에도 마음 편히 곤한 잠을 못 자는지 수시로 인기척이 느껴졌다. 퇴근 후 병실로 찾아온 딸은 침상 발치에서 무표정한 얼굴로 혼수상태의 아빠를 가만히 지켜보다 말없이 가버렸는데 유령처럼 왔다 사라지는 그 모습이 내내 머릿속에서 지워지지 않았다. 남편을 위한 바쁜 손놀림 탓에 딸의 병문안조차 반가워해 줄 수 없는 엄마와 말조차 나오지 않는 깜깜한 현실에 입을 꾹 다문 딸은 각자 무슨 생각을 하고 있었을까.

나이와 증상은 각기 달랐지만 환자와 보호자의 삶은 외롭고 고달파 보였다. 환자들의 하루하루는 보호자의 전적인 도움에 의지하여 위태롭게 이어졌고 간병의 피로에 이골이 난 무표정한 가족들은 화가 난 것처럼 보였다. 재윤이의 머잖은 미래가 될 수도 있는 병실의 풍경은 그러지 않아도 착잡한 마음을 더욱 심란하게 만들었다. 서로 다른 얼굴을 한 나와 재윤이들이 각자의 자리에서 희망 없는 불치병과 말없이 싸우고 있었다.

첨단 의술이 유예하는 죽음과 최신 의학이 연장하는 생명. 오로지 '살아 있음'에만 안도해야 하는 가족과 보호자의 대가는 실로 혹독했다. 생명을 연장하는 첨단 장치와 기계들이 누구에게, 왜 필요한 것인지 되물으며 사람다운 삶과 존엄한 죽음에 대하여 다시 생각해 보게 되었다. 고귀한 삶과 품위 있는 죽음, 불치병이 환자와 가족에게 주는 의미와 그들을 둘러싼 절망과 슬픔, 그리고 죽음의 기로에 선 우리의 숨 막히는 선택에 대하여.

재윤이는 같은 병실의 이웃 환자들을 호기심으로 바라보며 입원과 진료를 즐기고 있었다. 자기에게 문병 오는 사람들의 관심과 처음 보는 사람들에 대한 자기의 관심을 누리고 좋아하는 재윤이는 자기가 환자가 아니라 인기 연예인인 줄 아는 모양이었다.

중환자라서 받는 전적인 보호와 의사와 간호사의 세심한 주의조차 긍정하고 있었다. 제 처지에 대한 절망보다 무정한 관심까지 감사하는 너른 품성이 그저 놀라울 따름이었다.

재윤이보다 곁의 환자와 가족들을 보며 이런저런 생각이 많아진 나는 크고 작은 충격과 스트레스로 온몸이 쑤시고 결려 아픈 재윤이 옆에 영양제라도 맞으며 누워 쉬고 싶었다. 누군가 나 대신 재윤이 곁을 지켜준다면 반나절이라도 아무도 없는 집에서 죽은 듯이 자고 싶었다. 엄마라는 이름에 새겨진 초인적 힘으로 재윤이의 든든한 뒷배가 되기 위해 온몸이 내지르는 아우성을 모른 척 무시하는 동안 몸이 망가지는 소리가 들리는 것 같았다. 하지만 마비가 온 몸으로 병상에 누운 자식 앞에서는 사지 멀쩡한 엄마가 힘든 내색을 할 수는 없었다. 재윤이처럼 옆에서 나를 보살펴 주거나 간병을 대신해 줄 든든한 엄마도 곁에 없는 나는 혼자 이를 악물고 모든 상황을 견디고 참아내야 했다.

내일보다 건강한 재윤이의 '오늘'을 위해, 오늘보다 나아질 것을 기대하는 나의 '내일'을 기다리며.

어스름 해질녘 병원 앞 정원은 이른 저녁 식사를 마친 환자와 가족들로 삼삼오오 여유를 즐기는 풍경이었다. 희노애락 갖가지 삶의 이야기가 환자를 중심으로 오고 가는 그곳도 약 냄새 못지않게 사람 냄새가 폴폴 나는 곳이었다. 병으로 위축되고 나약해진 사람들 곁엔 회복을 기원하는 가족들의 위로와 기운이 스며 있어 그 힘으로 건강을 회복하게 될 환자들의 편안함이 노을처럼 번지고 있었다.

벤치 곳곳에 모여 앉아 두런두런 이야기를 나누는 사람들 속에서 휠체어에 가만히 앉아 엄마와 우스갯소리를 주고받으며 깔깔대는 재윤이는 환자 같아 보이지 않는 환자였다. 아무도 재윤이가 온몸의 신경과 근육이 점차 마비되는 '루게릭'으로 죽음을 향해 가는 중증 환자라는 걸 눈치채지 못했다. 바로 옆 벤치의 수심 가득한 노인 환자 가족은 그런 우리를 심지어 부러운 눈으로 바라보면서 재윤이의 표정이 밝은 걸 보니 곧 퇴원해도 될 것 같다며 얼른 건강을 회복하라는 덕담까지 해 주었다. 시한부 불치병에 걸린 환자와 가족은 초췌한 모습으로 죽을상을 하고 있어야 환자다운 것일까 생각하며 우리에게 보내 준 이웃의 축복을 큰 감사로 받았다.

언젠가 나을 병인데 회복이 더딘 경우라면 나 역시 마음이 조급해지고 짜증이 나 웃을 수 없었을 것이다. 하지만 우리에게는 찡그리고 화를 낼 시간조차 아깝고 부족했기 때문에 병원과 환자들 사이의 뻔한 일상과 메마른 환경 속에서도 재미와 웃음거리를 찾아 쉬지 않고 깔깔댔다. 가까이하기엔 너무 멀어 끝끝내 다가설 수 없을 것만 같은 행복은 우리가 앉은 절망의 바닥에서도 새싹 같이 움텄다.

재윤이에게서 시작된 긍정의 웃음은 병원의 어둔 아우라를 타고 돌다 다시 재윤이에게 축복으로 돌아왔다. 웃으면 복이 온다더니 나 좋자고 웃는 웃음으로 주변을 웃음 짓게 하고 복을 받게 되어 기분이 더 좋아졌다. 재윤이의 웃음이 높아질수록 호흡은 날마다 옅어져 갔지만 가장 건강한 바로 오늘 이 순간을 즐기려는 우리의 매일은 서로에 대한 믿음과 끈끈한 사랑의 느낌으로 충만해져 갔다.

어둔 절망의 끝을 천상의 낙원으로 바꿀 수 있는 웃음으로 지금 이 순간에 충실하라, 까르페 디엠^{Carpe diem}.

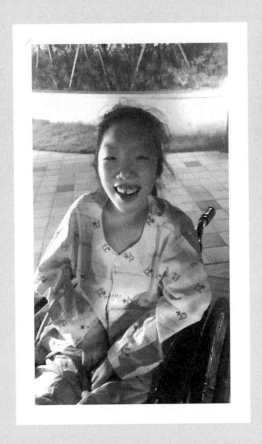

| 병원 산책로에서

휠체어 투혼

천신만고, 우여곡절 끝에 받게 된 간병 보조 서비스덕에 지친 내 일상에도 약간의 여유가 생겼고 초췌해지는 엄마의 모습을 보며 민망해하던 재윤이도 미안한 마음을 덜고 조금 더 편안해졌다. 인간관계가 대개 그렇듯 간병에도 미학적 거리와 자기만의 시간이 필요한 것 같다. 긴장과 이완, 밀착과 거리 두기 사이의 밸런스는 사람다움과 정신건강을 위한 들숨과 날숨 같은 생명의 본성인지도 모른다.

동영상을 만들어 아빠, 엄마의 결혼 기념 선물을 하고 싶다는 재윤이의 제안에 의기투합한 채림이는 언니와 둘이 매일 저녁 비밀리에 조금씩 영상을 만들어갔다. 재윤이가 관심을 가졌던 영상, 편집 분야는 진로를 고민할 때 내가 권했던 것이었는데 병상에서 동생의 도움을 받아가며 해보게 될 줄은 꿈에도 몰랐다. 재윤이의 아이디어와 동생 채림이의 센스가 만들어낸 결혼 24주년

기념 동영상은 사진과 글을 넣은 영상에 배경음악을 깔아 코믹하게 편집하여 만든 가슴 뭉클한 명작이었다. 재윤이는 자신의 열정과 사랑을 표현하는 데 그 무엇도 장애물이 될 수 없다는 걸 다시 한번 보여 주었다. 상상도 못 한 병을 앓고 있는 재윤이와 채림이가 정성을 다해 함께 준비한 상상 이상의 선물을 받고 재윤이를 닮은 함박웃음으로 화답해 주었지만 가슴 속 뻐근한 먹먹함과 저리고 아린 아픔은 남편과 굳이 말로 하지 않아도 이심전심, 헤아리고도 남았다.

마침 영상 제작에 관심이 있던 차에 직접 만들어 본 경험으로 재윤이는 자기의 적성을 찾은 모양이었다. 병상에서 남모를 고민을 거쳐 영상 편집 분야로 진로를 정하고는 방송대 미디어 영상학과에 진학을 하겠다고 선언했다. 더 늦기 전에 당장 내년부터 공부를 하고 싶다며 입학을 서두르는 바람에 말리고 설득할 겨를도 없었다. 아무리 거칠 것이 없는 게 무대뽀 정신이라지만 이런 경우가 또 있을까. 요양과 치료에만 집중하여도 시원찮은 마당에 보호자의 절대적 도움을 전제로 하는 진학과 학업은 난감하기 짝이 없는 선택이었다. 간병으로도 힘들어 누울 지경인데 학업 뒷바라지까지 해야 한다니 은근 화도 나고 얄밉기까지 했다. 아무렇지 않은 척 병상을 지키지만 심신이 곯아가는 엄마와 직장과 집에서의 몇 겹 스트레스로 얼굴에 편마비까지 온 아빠는 안중에도 없는 모양이었다. 마치 병상에서 해야 할 의미 있는 일을 찾았다는 듯 꿈에 부푼 재윤이를 보며 마음이 복잡하고 무거워졌다.

병든 몸으로 누워버린 제 처지를 원망하지 않고 완치와 더불어 미래의 꿈을 위해 의지를 불태우는 재윤이의 끈질긴 바람을 끝내 모른 척할 수가 없었다. 대견하면서도 한편 원망스러운 두 마음을 내려놓고 재윤이의 입장이 되어 보았다. 멀쩡한 정신으로 루게릭을 견디며 식물처럼 숨만 쉬고 있을 수는 없지 않겠는가. 더구나 마비되는 몸과 달리 의식이 여전히 또렷한 재윤이는 시간이 지나면 병상에서 일어나 전처럼 건강했던 생활할 수 있다고 철썩같이 믿고 있는 상황이니.

천 번 만 번 옳고 타당한 일이 내 온몸을 쥐어짜야 되는 일이라 마냥 좋아라 수긍하고 지지할 수만은 없었지만 병상에서조차 하지 못할 것이 없는 재윤이 앞에서 머뭇거리도 민망했다. 오히려 이런 일로 고민하는 내 모성애가 의심스러울 지경이었다. 재윤이의 진학에 대한 남편의 생각은 긍정적이었고 나 역시 남편의 입장이었다면 반대할 이유가 없을 것 같았다.

가족 안에서 생기는 문제가 대개 엄마의 희생으로 순조롭게 풀리듯이 다시 내 문제가 되어버린 재윤이의 진학은 말할 것도 없이 재윤이의 뜻에 따르는 걸로 결정되었다. 우리에게 남은 시간은 그리 많지 않고 재윤이가 가슴 뛰는 하루하루를 살도록 도와주는 것이야말로 엄마인 내가 해줄 수 있는 최선의 방법이니까. 설령 학업 때문에 건강을 해친다 해도 꿈을 향해 내딛은 행보의 대가라 여기기로 했다. 다만 앞으로 내가 해야 할 일이 몇 배는 많아진다는 것과 더 세심하게 재윤이의 건강을 살피고 신경 써야 한다는 사실은 여전한 부담이 되어 무섭고도 무겁게 다가왔다.

뻣뻣한 몸을 침대에서 휠체어로 옮겨 앉히는 것은 물론이고 컴퓨터를 켜 마우스를 움직이고 책을 꺼내 책장을 넘기는 것과 같은 낱낱한 일에도 남의 도움을 받아야 하는 학업. 병든 몸과 번거로운 처지를 비관하지 않고 쾌유에 대한 희망으로 공부를 시작한 재윤이가 존경스럽기까지 하였다. 지난날 부실한 몸과 짧은 생각 때문에 늘 못 미더웠던 내 딸이 맞는지 놀라울 뿐이었다. 확신에 찬 자신감으로 진학과 꿈을 설계하는 재윤이는 이미 제 삶의 주인이 되어 있었다. 확고한 믿음으로 반짝이는 눈빛을 보며 내 몸이 부서진다 해도 끝까지 도와야겠다고 생각하게 되었다.
재윤이와 치룬 눈물겨운 입학식은 꿈만 같았다. 작고 여린 휠체어의 재윤이는 존재 자체로 그 자리에 함께했던 사람들에게 의지와 열정의 불쏘시개가 되었고 우리는 벅찬 감동으로 함께 눈시울을 적셨다. 남들보다 열 배, 백 배는 힘들겠지만 꿈을 향해 나아가는 과정이야말로 멋진 인생의 모습이 아니겠냐고 재윤이를 격려했던 말은 지쳐가는 내가 나에게 했던 주문이기도 했다. 큰 기합 소리로 정신을 집중하고 긴장을 조절하는 역도선수처럼 나의 간절한 기도와 염원은 간병에 덧붙여 학업까지 도와야 할 처절한 절규였는지 모른다.

학교에서 주선해 준 대필자의 도움으로 치를 수 있었던 두 번의 중간, 기말고사와 왕복 세 시간 통학 거리의 오프라인 수업은 집에서 인터넷 강의를 듣는 것 이상의 수고로움이었다. 재윤이의 꿈을 이루어주기 위해 기꺼이 시간을 내 준 가까운 사람들의 손길과 수고 또한 벅찬 감동이었다. 관심과 애정이 없으면 할 수 없는 일에는 혈육이나 종교를 초월하는 사람에 대한 사랑만이 깃들어 있었다. 인생은 멀리서 보면 희극, 가까이에서 보면 비극이라지만 눈물과 함께 쓴물 나는 고통을 동반하는 역경과 고난 극복의 스토리는 사랑의 연대만이 이뤄낼 수 있는 희극을 품은 비극, 희비의 쌍곡선이 아닐까. 뜻이 있는 곳에 길이 있다고 재윤이의 간절함에서 비롯된 희망에는 기적을 일구는 사랑의 길이 열리는 모양이었다.

엄마를 안심시켜 돌려보내고 주변 학우들의 도움으로 온종일 수업을 해야 했던 몇 차례의 오프라인 수업은 재윤이의 초인적 의지로 이뤄낸 성과였다. 화장실에서의 불편과 수치심 때문에 수업이 다 끝나는 늦은 오후까지 물 한 잔 마시지 않고 갈증을 참아냈던 재윤이가 끝까지 자존심을 지키며 꿋꿋이 해내는 힘든 학업과 굳은 의지를 보며 학업의 도움을 망설이던 내가 부끄러워 한없이 작아지는 느낌이었다. 뜨겁고 단단한 내면과 밝고 부드러운 외양을 겸비한 재윤이는 내게 의지와 정신력이 무엇인지를 온몸으로 가르치는 큰 스승 같았다.

학업에 대한 강한 열망으로 성공적이었던 재윤이의 한 학기 대학 생활은 4년을 압축한 듯 굵고도 짧았다.

우수한 성적으로 다음 학기의 전액 장학금까지 타게 된 재윤이는 무더운 여름을 지나는 동안 휠체어에 오래 앉아 있기도 힘들 만큼 증세가 악화되었다. 병실을 그대로 옮겨놓은 것같이 꾸며 놓은 방에 누워 하루 일과를 시작하고 마쳐야 했다. 가까이 두고 보는 것만으로도 회복의 희망이 되었던 옷가지와 신발들은 몸이 아픈 주인을 위해 자리를 내 주어야 했다. 회복되면 다시 찾겠다는 재윤이의 바람은 영원한 이별을 고하는 서글픈 목소리로 들렸다. 더 이상 바람을 쐬러 집 밖으로 나가거나 나들이를 할 수도 없게 되었고, 주일에는 예배 드리러 교회에도 갈 수 없었다. 엄마의 무릎을 베고 누

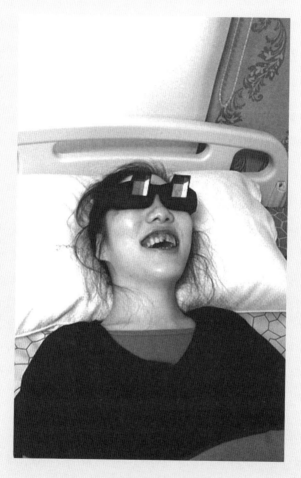

| 병상에 누워 TV 시청

워 목사님의 설교와 성전을 울리는 성도들의 찬양을 들으며 환히 미소 짓던 순간도 지나간 옛일이 되어버렸다. 아무리 강한 정신력으로 무장해도 지탱할 수 없는 몸으로는 공부도 할 수가 없었다. 재윤이의 실망과 낙담이 안타깝고 마음 아팠지만 휴학은 어쩔 수 없는 결정이었다. 잠시 쉬면서 건강을 회복하면 공부를 더 잘할 수 있을 거라 달래고 설득하여 손에서 놓지 않았던 전공 책을 책장 한쪽으로 치웠다. 건강을 잃어가는 재윤이의 몸처럼 오늘보다 건강했던 어제의 일상은 옆과 구석으로 자꾸만 밀려나고 있었다.

그렇다고 꿈쟁이 재윤이가 열정과 희망까지 접은 것은 아니었다. 병상에 누워서도 배운 내용을 복습하며 TV 속 촬영 기법, 편집과 멘트의 사용 등을 곁에 앉은 내게 수시로 설명하면서 나름대로의 학업과 꿈을 이어나갔다. 재윤이의 꿈은 어쩌면 그때 이미 이루어졌는지 모른다. 끝끝내 명료했던 정신에서 비롯된 마지막 꿈은 결코 마비될 수 없는 열정의 병상에서 완성되어 갔다.

마지막 피와 땀과 눈물로 이뤄낸 우수한 성적과 장학금 그리고 병상에 누워서조차 놓지 않았던 예능 PD의 꿈. 사람들과 나누는 웃음이 인생 모토였던 미래의 예능 PD 재윤이는 공정하지 않은 사회에서 겪은 장애인에 대한 무시와 따돌림 속에서도 마음의 소망과 자신의 중심을 잃지 않았다. 자신을 비웃거나 얕보고 무시하던 사람들에 대한 분노와 억울함까지 사랑의 용광로에 녹여 성취의 발판을 삼은 재윤이는 내 딸이 아니라 스승이었다. 불치병을 가진 장애인의 몸으로 사람들의 자발적 선의와 숨은 희망을 끄집어내고 끝까지 사람들과의 즐겁고 재미난 웃음을 꿈꾸었으니 누가 재윤이의 꿈을 꾸다 만 것이라 폄하할 수 있을까.

후일을 기약하는 휴학으로 몸의 회복에 힘을 쏟았지만 다시는 돌아가지 못할 학교와 더 이상 학업에 매진할 수 없는 재윤이를 생각하며 먹먹하고 쓰라린 가슴을 남몰래 어루만져야 했다.

하지 못할 것이 없었던 재윤이는 이제 할 수 있는 것이 아무것도 없었다.

처음이자 마지막 휠체어 투혼과 누구도 따라 하지 못할 또 하나의 성취로 재윤이의 머리 위엔 승리의 깃발이 나부꼈고 내 젖은 눈동자는 뿌옇게 일렁이고만 있었다.

절박한 곁눈질

투병과 간병은 샴쌍둥이다. 환자의 증상이 악화됨에 따라 보호자의 간병 피로도 더불어 깊어지는 불가분의 관계. 떼레야 뗄 수 없는 재윤이와 나의 이 같은 관계가 악화일로에 있는 병, 쇠약과 피로가 쌓여만 가는 간병 때문에 느슨해지고 버거워질까 두려웠다. 심신의 피로와 스트레스로 뾰족하고 예민해져 꼼짝도 못하고 누운 재윤이를 미워하게 될까봐 불안했다. 이따금 기사화되는 간병살인이나 동반자살 같은 소름끼치는 일이 왜 일어나는지 알 것 같았다. 언제까지 내가 마음의 평정을 유지하면서 지금처럼 재윤이를 돌볼 수 있을지 나도 나를 믿을 수 없었다. 돌봐 줄 시간이 얼마 남지도 않았는데 엄마인 내가 먼저 지쳐버린다면 그땐 누가 재윤이를 돌봐줄 수 있을까.

하필 이럴 때 지방 발령이 난 남편 때문에 주말부부가 된 나는 어쩔 수 없이 남편의 몫까지 도맡아 1인 행정 독박간병을 하게 되었다. 퇴근 후 저녁부터 밤 사이 재윤이를 돌봐줬던 남편

덕에 일손과 피로를 덜 수 있었는데 이제 그나마도 내가 도맡아 해야 한다는 생각에 손발에 힘이 풀렸다. 다행히 몸이 아픈 딸과 가족의 입장을 배려해 준 회사의 도움으로 그리 멀지 않은 곳에서 근무하게 되었지만 집에서 장거리 출퇴근하기에는 부담스러운 거리여서 평일 밤마다 혼자 도맡아 해야 하는 간병은 피할 수가 없었다. 팔 한 쪽이 없어진 기분이었고 몇 배의 부담감이 눈덩이처럼 몰려오는 것 같았다.

운명은 나를 궁지에 몰아넣고 어떻게 하는지 간을 보는 모양이었다.

아침에 오는 간병 도우미는 재윤이의 식사와 배변, 호흡과 안정을 도우면서 늦은 오후에 나와 바톤터치를 했다. 간병의 같은 일을 반복하면서도 가족의 일상을 위한 잡다한 일들과 재윤이, 채림이의 말동무를 해주느라 바쁜 저녁과 피곤한 밤을 지나 다음 날 아침까지 무한 반복되는 일과는 그야말로 개미지옥이었다. 재윤이는 혼자 몸을 뒤척일 수 없어 한쪽 어깨와 등이 눌려 아플까봐 밤중에 한두 번은 몸을 돌려줘야 했고 호흡도 제대로 되는지 살펴야 해서 잠을 편히 잘 수도 없었다. 밤마다 남편과 번갈아 가며 하던 일을 밤에 혼자 하려니 뼈마디가 쑤셨다. 수면 부족과 피곤함에 절어 낮에도 비몽사몽이었다.

남편의 도움으로 한숨 돌릴 틈이 생기는 주말이 지나면 며칠도 채 안 돼 누구와 말도 섞기 싫을 만큼 지쳐 만사 의욕을 상실할 지경이 되고 만다. 간병과 더불어 남은 식구들의 일상이 공존하기 위해 해야 할 끝도 없는 일들이 다람쥐 쳇바퀴 돌듯 반복되다 보니 그나마 남은 기운이 깨진 독에 물 새듯 빠져나가는 것 같았다.

엄마의 전폭적 사랑과 손길에 의지하여 루게릭을 견뎌내는 재윤이만큼 나 역시 재윤이와 가족 모두를 위해 건강한 몸과 마음을 유지할 따뜻한 매개가 필요했다. 기약 없는 간병의 시간을 끝까지 견디고 버텨내기 위한 기분전환용 만남이나 스트레스 해소를 위한 외부활동이 절실했다.

궁하면 통한다더니 이런 마음이 간절해질 때쯤 집 근처에 오카리나 동아리가 생겼다. 숨의 완급과 힘 조절로 깊고 맑은 소리를 내는 오카리나는 피로와 스트레스 때문에 들숨과 날숨이 고르지 않았던 내게 안성맞춤이었다. 오래전부터 배우고 싶었던 악기로 가슴 답답한 스트레스를 날리기 위해서는 내게 주어진 이 천금 같은 기회를 놓칠 수 없었다. 집과 가까운 곳이 아니면 꿈도 못 꾸었을 취미활동을 딱 필요한 상황에 할 수 있게 된 것도 신기했다. 시의적절한 두 마리 토끼잡이가 아닐 수 없었다.

나 혼자 허우적대던 늪에서 나와 이웃 사람들과 만나며 오카리나를 배우는 건 취미나 여가가 아니라 힐링과 치유의 시간이었다. 상처 때문에 사람이 싫어지다가도 위로가 필요해 다시 사람을 찾아 나서는 우리는 서로가 서로에게 고독한 동반자, 곁이 필요한 외톨이가 아닐까. 중년의 여유가 아니라 간병의 짬을 내야 배울 수 있는 가성비 좋은 예술 활동은 내게 있어 음악 치료나 다름 없었다. 암울한 현실을 잠시 잊고 음악에 몰두할 수 있는 그 시간은 내게 마음의 보약, 상큼한 비타민 같았다.

누가 취미생활을 여유 있고 한가한 사람들의 전유물이라 했던가. 같은 시간과 공간 속에서 똑같은 걸 하고 있어도 그 동기와 효과가 천차만별인 것을. 더구나 오카리나에 불어넣는 숨에 아픔과 스트레스까지 담아 아름다운 천상의 소리를 낼 수 있으니 고인 물에서 피어나는 연꽃과 무엇이 다를까.

점점 몸을 가누기 어려워 입고 벗기 불편해진 재윤이의 옷은 병상에서 갈아입히기 쉽도록 자르고 늘려 내 손에서 재탄생되곤 했다. 손재주가 있어서가 아니라 딸리는 체력과 간병의 일손을 덜어야 하는 절박함 때문에 궁리하고 머리를 짜 재윤이 곁에서 짬짬이 바느질을 하곤 했는데 이왕이면 더 멋지고 취향에 맞게 만들어 주고 싶은 욕심이 생겼다. 한창 멋을 부릴 나이에 헐렁하고 편안하기만 한 환자복을 입고 침대에 누워 있는 모습이 못내 마음에 걸렸던 나는 재윤이의 기분 전환과 멋을 위해 재봉을 배우기로 했다.

간병 도우미가 재윤이를 돌보고 있는 낮 동안 시간을 내어 재봉을 배운다면 재윤이의 취향에 맞는 멋지고 발랄한 환자복을 만들 수 있을 것 같았다. 또 평소에 즐겨 입던 옷도 다시 꺼내 입고 벗기 편하게 고쳐주면 병상의 재윤이가 얼마나 좋아할지를 상상하며 들뜬 마음으로 등록을 서둘렀다. 재윤이의 기분 전환과 간병의 필요 때문에 관심을 갖고 시작하게 된 재봉도 만들고 고치는 재미가 있어 나중에는 즐기게 되었다. 그건 내가 생각지도 못한 취미활동, 덤으로 얻은 오른손 같았다. 무엇을 배우거나 만들고 새로운 미지의 영역에 도전하는 걸 마다않는 나였지만 쾌유의 희망도 없이 아파 누운 재윤이를 위해 새로 하게 되는 일은 엇갈리는 감정으로 눈물 고이는 씁쓸한 취미생활이기도 했다.

피곤함에 절어 지친 기색이 역력한 표정, 마지못해 사는 것 같은 우울한 얼굴로 재윤이의 곁을 지키는 것보다 스트레스를 푼 밝은 마음과 표정으로 하는 간병은 어느 모로 보나 좋았다. 한층 밝아진 엄마를 만나는 즐거움 때문에 병상의 재윤이도 엄마의 취미활동을 지지해 주었고 자신을 위해 엄마가 만들어 준 옷과 소품들도 좋아하며 반겼다. 보이지 않는 곳에서도 엄마가 자신을 위한 시간을 보내고 있다는 사실이 재윤이에게는 절망적인 병을 견디게 해 주는 또 하나의 힘이 되는 것 같았다.

재윤이와 내가 주고받은 응원과 지지의 힘은 서로를 지켜주는 버팀목이었다. 주고받은 사람끼리만 알 수 있는 끈끈한 사랑으로 아무도 모르는 기운을 서로에게 북돋워 주었다.

누구를 만나서 하소연을 늘어 놓거나 팔자타령을 하는 것은 별 의미도 없고 내키지도 않았다. 할 말이 너무 많아 무슨 말부터 해야 할지 난감할 뿐 아니라 정말로 하고 싶은 속마음을 꺼내기까지 부수적으로 설명해야 할 수 많은 사실들 때문에 걸릴 시간과 에너지를 생각하면 차라리 입을 다물고 기운을 아끼는 게 나았다. 이미 지나버린 일이라면 뱉어내고 풀어버리는 것도 괜찮겠지만 오늘보다 더 나빠질 내일과 현재진행형인 우리의 상황을 생각하면 넋두리도 시간 낭비일 뿐이었다. 말과 소리에 담길지 모를 부정과 분노의 기운이 영상의 어려움 속에서도 하루하루 근근이 만들어가는 긍정의 아우라를 단번에 삼켜버릴 것만 같았다. 장을 보거나 밖에서 꼭 해야 할 일을 마친 후에는 낮 동안 주로 근처 도서관에서 책이나 성경을 읽으면서 영혼의 양식을 삼았다. 그 고요의 시간이야말로 하늘의 위로와 함께 위기에 흔들리지 않는 무게중심이 되어 눅눅한 현실을 견디게 해 주었다. 우리가 경험하는 이 고난의 길이 뜻도 모르고 걷는 세상의 허깨비, 그림자 같은 발걸음이 아니라 하늘로 향하는 지름길이자 성장의 발판이 되기를 간절히 바라고 기원했다. 길이요 진리요 생명으로 가는 문이 내가 가는 이 길의 끝에 있다면 나는 재윤이와 가족 모두의 손을 잡고 기필코 이르겠노라 다짐했다.

망중한忙中閑, 더 재미있고 멋지게 살기 위한 여가의 취미가 아니라 암울한 현실을 살아내기 위해 곁눈질 같이 시작한 취미활동이 나와 재윤이의 병상과 가족의 일상을 조금은 더 따뜻하게 만들어 주었다. 극을 맛깔나게 살리는 조연이 작품의 완성도를 높이듯이 때로는 중요하고 바쁜 일의 틈과 짬으로 인해 반전의 성취를 맛볼 수 있는 게 아닐까.

하루 24시간, 몸이 열 개라도 모자라는 간병의 나날을 보내면서도 내게 주어진 기회를 잡아 순간에 집중하고 하루하루를 견딜 수 있었던 것은 병상의 이면과 사이에서 흘러나오는 천상의 은혜가 아니면 달리 설명할 길이 없다.

그 몸 나 주지

　질식 상태를 경험해 보지 않으면 산소의 고마움을 모르는 것처럼 병상에 눕거나 정상적인 생활을 할 수 없게 되어야 건강했던 어제의 일상이 얼마나 큰 축복인지 사무치게 깨닫게 된다. 재윤이가 장애를 안고 태어났을 때에야 비로소 내 몸의 온전함에 감사했던 것처럼. 재윤이가 병으로 누운 후에야 사지 장애를 갖고도 살아왔던 예전의 삶이 얼마나 건강한 것이었는지 알게 되었다.

　그리고 건강과 정상적 일상이라는 게 얼마나 주관적이고 상대적이며 그 또한 각자의 마음에서 비롯되는 삶의 방식이라는 것도 배웠다. 감사함으로 시작하는 하루에는 비정상이 자리할 틈이 없을 뿐 아니라 정상을 넘은 충만한 기쁨까지 느끼고 경험할 수 있다는 것은 나만 몰랐던 비밀이었을 것이다.

　의학의 힘으로 사지기형 장애가 있는 어린 재윤이의 몸은 조금씩 정상을 찾아갔지만 평생에 걸쳐 수술을 한다 해도 완전히 정상적인 몸이 될 수는 없었다. 그나마 출생 직후에는 꿈도 꿀 수 없었던 보행과 운동력 그리고 타고난 친 사회성으로 천천히 제 나름의 성장을 지속하는 것에 감사할 따름이었다. 그러나 부모의 욕심이라는 게 부푸는 풍선 같아서 원하던 것이 이루어지면 그 위에 더 큰 욕심을 얹어 언제 터질지 모르는 위태로운 상태를 만들기도 한다. 아이와 미래를 위한다는 그럴듯한 명분으로는 지금, 여기, 자기 눈앞에 있는 오늘과 현재를 놓치기 십상인데 이런 깨달음은 대개 오랜 시간이 지난 후 가슴을 치는 후회와 함께 온다는 게 흠이다. 부모의 이름으로 저지르는 사랑이라는 폭력은 온전한 제 모습으로 자라기 위해 애를 쓰는 아이에게 돌이킬 수 없는 상처를 주거나 본성을 왜곡시켜 마음의 병을 일으키기도 하는데 재윤이에게 내가 바로 그런 엄마였다.

자기가 만난 세상에서 보고 듣고 느끼고 생각하면서 계획하고 행동할 줄 아는 다재다능한 재윤이에 대한 내 염려와 걱정은 끝이 없었다. 부실한 신체의 불완전한 기능으로 행동과 이해가 느리다는 재윤이의 단점 때문에 더 많은 숨은 장점을 보지 못한 채 그의 미래에 대한 막연한 두려움과 걱정을 날마다 떠안고 살았다. 호기심 가득한 세상에서 하고 싶은 일이 차고 넘치던 재윤이는 자신을 따라다니는 엄마의 근심어린 시선만 아니라면 더 행복한 미소로 천천히 세상을 누볐을지 모른다.

장애를 가진 몸으로 학교도 다니고 친구들과 원만한 관계를 유지하며 자기만의 생활을 즐기던 재윤이가 루게릭으로 더 이상 몸을 쓸 수 없게 되고 나서야 나는 재윤이가 누리던 건강한 일상의 축복을 알아챘다. 엉성한 그 몸이 재윤이에게 얼마나 소중하고 귀한 것이었는지, 느리고 서툰 불완전한 몸으로 매 순간 얼마나 많은 것을 경험하고 느끼면서 즐겁게 살아 왔는지. 신체 건강한 내가 내일에 대한 걱정으로 오늘을 안달하며 사는 동안 사지 장애를 안고 살아야 했던 재윤이는 매일의 '오늘'을 마음껏 누리면서 내일을 희망하고 있었다.

미래의 두려움을 떨쳐내기 위해 몸부림치며 더 먼 곳을 바라보느라 놓쳐버린 지나간 '오늘'들이 후회의 쓰나미가 되어 한꺼번에 덮쳐왔다. 정상이 아니어도 전처럼 혼자 자기의 일상을 해나갈 수만 있다면 정말로 더 바랄 것이 없었다. 그럴수만 있다면 어떤 욕심도 내지 않고 나도 재윤이처럼 '오늘'을 즐기면서 살 수 있을 것 같았다. 하지만 돌이킬 수 없는 현실을 부정하느라 또 다시 '오늘'을 잊게 될까봐 정신을 차리고 내가 선 곳을 똑바로 보기로 했다. 가장 건강한 재윤이의 '오늘'을 놓치지 않기 위해 병과 재윤이를 따로 떼어 생각하기로 했다. 어떤 병이 들었건 무슨 장애가 있건 재윤이는 사랑받기 위해 태어난 하나밖에 없는 소중하고 귀한 내 딸이라는 당연한 사실을 새삼스레 되새겼다. 어쩌면 루게릭은 내가 만나는 모든 존재를 더욱더 온 마음으로 보듬고 정성껏 사랑해 주라는 하늘의 메세지이자 내 삶의 화두인지 모른다. 엄마가 아니면 병상의 장애인 재윤이에게 누가 그 사랑을 내어 줄 수 있겠는가.

그토록 갈구하던 엄마의 조건 없는 관심과 사랑을 병상에서 받게 된 재윤이는 회복을 의심치 않으면서 제게 주어진 모든 조건과 상황을 마냥 즐기며 좋아했다. 그토록 받고 싶었던 충분한 사랑을 되찾았으니 건강만 회복하면 그동안 하지 못했던 일과 하고 싶은 일을 원 없이 하게 될 거라 기대에 부풀어 있었다. 대학로에서 연극 보기, 홍대 앞 호프집 가기, 거실에서 식구들과 다 함께 잠자기, 노래방 가기같이 누구나 마음만 먹으면 어렵지 않게 할 수 있는 크고 작은 이벤트는 건강을 잃고 누운 재윤이가 간절히 바라고 꿈꾸던 버킷리스트였다.

재윤이는 언제나 그랬다. 언제 어디서든 자기만의 빛과 결로 천천히 삶을 살아가는 법을 알고 있었다. 작은 일에 크게 기뻐하고 자기가 흥겨운 일로 모두 함께 웃게 만드는 소박한 사랑의 향기, 웃음의 전도사였다.

| 동생과 함께 식사를

　가끔 뉴스를 통해 여러 가지 이유로 스스로 삶을 마친 사람들의 안타까운 소식을 접할 때마다 재윤이는, "그 몸 나 주지……" 하며 아쉬움의 탄식을 내쉬었다.

　끓어오르는 열정과 멈추지 않는 희망을 가지고도 꼼작할 수 없는 몸으로 병상에 누운 재윤이에게 생각대로 움직여주는 팔, 다리와 건강한 신체는 더 바랄 것 없는 완벽한 삶의 출발점이었다. 삶의 고통과 두려움으로 생기와 의욕을 잃은 사람들의 건강한 몸. 단 한 번도 가져보지 못한 온전한 몸은 사지 장애와 루게릭을 한몸에 지닌 재윤이가 간절하게 원하던 삶의 원천이자 가능성이었다.

행복한 삶에서 우위를 가릴 수 없는 우리의 몸과 마음은 자기만의 틀과 시각에서 벗어나 넓고 큰 안목으로 주변과 세상을 두루 살피면서 극단을 피하고 중용을 지키려는 성찰과 노력을 통해 조화와 균형을 이룬다. 마음이 몸을 살리거나 해칠 수도 있는 것처럼 몸 또한 마음을 움직이고 변화를 일으켜 원대한 꿈을 실현시키는 토대가 될 수 있다. 느낌에 좌우되는 마음보다 의지를 일으키는 팔, 다리가 다시 몸과 마음의 건강을 되찾아 주기도 한다.

실의에 빠져 생을 마치려는 건강한 이들이 신체적 장애를 지닌 재윤이의 몸으로 단 하루만 바꿔 살아본다면 생사의 갈림갈에서 무엇을 선택할까.

삶의 의미를 찾지 못해 방황하는 사람이 재윤이 같은 루게릭 환자의 몸이 되어 병상에 누워 본다면 그들의 삶은 어떻게 달라질까. 제 의지대로 손가락 하나 까딱할 수 없는 병든 재윤이의 일상을 지켜보거나 병상의 소회所懷를 나눠 본다면 그 간절한 생의 의지 앞에서 자신이 잊고 살았던 축복과 가능성을 발견하고 자기의 입장과 처지를 차원과 깊이를 달리하여 바라보게 될지 모른다.

그토록 많은 사람들이 가치 있는 삶을 위해 의미를 부여하고 최선을 다해 피땀 흘리는 이유는 삶에 새겨진 자기만의 과제와 비밀을 해결하기 위해서일까. 장애와 고난의 이면에는 직시

해야만 넘어설 수 있는 운명의 거울이 숨어 있어 자각과 성찰을 통해 크고 원대한 본질과 내면의 삶으로 나아갈 수 있는 것일까. 궁극의 자기 자신이 되기 위해 죽음보다 더 아프고 괴로운 시간을 이기고 살아내야 하는 이유가 바로 거기 있는 건 아닐지.

당연하다고 여겨 가치와 의미를 간과하기 쉬운 크고 작은 축복들은 자신의 일상을 지탱하고 도약을 이끌어내는 생의 전제이며 삶의 근본적 물음 앞에서 각성과 변화를 만드는 원천이 되는 것 같다. 어쩌면 불행의 끝자리라고 생각하는 나와 재윤이의 현실과 삶조차 온전하고 완전한 삶으로 가는 하늘의 지혜, 영생의 지름길일지도……

때때로 무기력해져 땅으로 푹 꺼지는 기분이 들거나 지치고 힘들어 감았던 눈을 뜨기도 싫을 때 병든 제 몸에 대한 안타까움으로 건강한 일상이 간절했던 재윤이의 힘없는 목소리가 귓가에 맴돌아 그래도 아직은 건강한 내 몸을 일으키곤 한다. 마음대로 누릴 수 있는 내 육신은 의지와 상관없이 꼼짝도 않는 재윤이를 위해 두 몫을 살아야 하니까.

'그 몸 나 주지……' 이 한마디에 속아 있는 재윤이의 절망과 꺼지지 않는 생의 의지. 건강한 몸에 재윤이의 열정과 심성이 깃든다면 나와 우리의 삶이 얼마나 풍요롭고 감사로 넘치게 될까.

마지막 가족 여행

갑갑한 침상을 벗어나 어디라도 콧바람 쐬러 나가고 싶은 재윤이와의 외출은 무엇보다 꼼꼼한 준비가 필요한 나만의 거사巨事였다. 아이가 어릴 때 현관문을 한번 나서려면 기저귀, 물병, 젖병, 손수건, 옷가지 등등 챙겨야 할 것이 얼마나 많았던지. 가방을 챙겨 아이를 둘러메고 나서기까지 이것저것 챙기고 준비하던 그때처럼 성인이 된 환자 재윤이와의 외출에도 많은 준비와 시간이 필요했다. 유모차 대신 더 크고 무거운 휠체어와 물병과 빨대, 욕창 방지를 위한 방석과 등받이까지 잊어버리면 절대 안 되는 물건들은 어릴 때보다 더 많았다. 게다가 나는 옛날과 달리 나이가 들면서 순발력과 기억력이 떨어져 한두 개씩 빠뜨리기 일쑤였고 기운도 딸렸다.

나와 엇비슷해진 재윤이의 몸을 부축해 휠체어와 차에 수시로 옮겨 앉힐 때나 부실하게 방치된 장애인 화장실을 이용할 때는 내 몸이 안전바가 되어야 했기 때문에 재윤이의 체중을 지탱하기 위해 생 땀을 흘리곤 했다. 보통 때라면 엄두도 못 낼 일을 엄마라서 할 수 있었다. 고등학생 때 수술 후 팔과 다리에 깁스를 하고 누웠을 때에도 내 체중과 맞먹는 재윤이를 번쩍 들어 안고 화장실에 데려갔으니 나이나 체력과는 상관없이 '엄마'라는 이름 안에는 초인적 힘과 에너지가 장착되어 있는 것 같다.

휠체어로 가파른 경사로를 오르내릴 때에는 저질 체력인 내가 젖 먹던 힘까지 짜내야 했기 때문에 혹시라도 재윤이를 놓칠까봐 겁이 났다. 점점 단둘이 하는 외출을 꺼리게 된 것도 안전에 대한 우려 때문이었지만 재윤이가 간절히 가보고 싶어 하는 곳은 어디든 용기를 내어 씩씩하게 데리고 다녔다. '엄마'는 쉽사리 할 수 없는 일을 거뜬히 하게 만드는 기적의 명패인 모양이다.

내 몸이 힘들어도 재윤이를 데리고 틈틈이 시간을 내어 좋아하는 전시회나 박물관, 더 멀리는 바다도 보러 다녔다. 어쩌면 그것이 재윤이와 함께 하는 마지막 외출이 될지 모른다는 생각 때문에 매 순간이 애틋했고 그래서 힘들어도 힘든 줄 모르고 바깥 나들이를 다녔다.

이따금 주말에 가족과 함께 나가는 드라이브는 재윤이의 수다로 이어졌다. 눈길 닿는 곳마다 스며있는 자기의 경험과 추억

| 강릉 나들이

은 끝이 없었다. 친구나 이웃들에게 억눌리고 괴로웠던 기억조차 신나고 즐거웠던 장면으로만 기억하는 재윤이는 수십 번을 얘기해도 제 이야기에 귀 기울여 호응해주는 가족들 사이에서 참으로 행복해했다. 그 충만한 기쁨에 비하면 병든 몸의 불편쯤은 아무것도 아니라고 여기는 것 같았다. 존재만으로 귀히 대접받는다는 느낌과 어떤 말이라도 수용되는 편안함 때문에 병든 제 몸의 고통까지 긍정하고 있었다. 죽음을 앞두고서야 재윤이를 온전히 수긍하고 속속들이 사랑하게 된 내가 한없이 미웠지만 그나마 부실한 관계를 온전히 회복할 시간이 주어졌다는 것만도 천만다행이었다.

얼마 남지 않은 우리의 시간을 아껴 재윤이와 언제 어디서든 더 즐겁고 재미난 추억을 만들려 했지만 부러 그럴 필요는 없었다. 재윤이는 엄마의 부드러운 표정과 아빠의 편안한 말투만이어도 충분히 행복했다. 그 속에 녹아 있는 배려와 사랑을 단박에 알아차려 더 환한 미소로 돌려주고야 마는 깍쟁이 사랑꾼이었다. 미소가 얼굴에 장착된 재윤이는 소소한 재미라도 몇 배로 즐거워하는 웃음 자판기 같았다.

더 큰 용기를 내어 바다 건너 제주도 가족 여행을 꿈꾼 건 재윤이와의 외출이 더는 불가능할 것 같다는 예감 때문이었다. 다리에 조금도 힘을 줄 수 없어 혼자서는 부축하기도 힘들고 조금 더 지나면 휠체어에 오래 앉기도 어려울 것 같았다. 같은 이유로 한 학기 만에 휴학을 하게 된 좌절과 우울감이 채 가시지 않았던 터라 여러 상황을 고려하여 마지막이 될지 모를 가족 여행을 계획했다.

자전거 하이킹으로 제주도에 특별한 추억이 있는 재윤이에게 여행의 일정과 계획, 맛집 선정과 이벤트를 모두 맡겼다. 가고 싶은 곳, 하고 싶은 것, 먹고 싶은 음식 등을 고르고 선택할 여행의 주관자이자 주인공인 재윤이는 간병 도우미의 도움으로 밤낮없이 정보를 찾으면서 상상 속의 제주도 여행을 수십 번도 더 했다.

| 김포공항에서

가족들과 떠나는 제주도 여행에 들뜬 재윤이와 달리 정말로 마지막이 될지 모를 가족 여행을 즐겁고 멋진 추억으로 남기기 위해 나와 남편은 아리고 먹먹한 마음을 가슴 한편에 잠시 묻어 두기로 했다.

미리 예약해 둔 비행기의 앞좌석은 휠체어의 재윤이를 위한 자리였다. 항공사 직원의 특별 안내로 휠체어용 리프트를 타고 오른 비행기를 마치 전용기인 양 누리며 좋아하는 재윤이는 가족의 보호를 받으며 하늘을 나는 그 순간을 만끽하고 있었다. 너무 좋아 입이 다물어지지 않았고 기쁨에 들떠 꼭 잡은 손에서는 흥분된 긴장으로 땀이 고였다. 설렘으로 빛나는 환한 얼굴은 햇살 아래 활짝 피어나는 꽃봉오리 같았다.

몇 번씩 체크하고 확인해 둔 숙소와 식당의 휠체어 출입과 통행 가능 여부, 식당의 입구 경사로, 장애인 전용 화장실 등은 실제로 장애인이 사용하는 데 적지 않은 어려움을 주었다. 사용자가 적어 제대로 갖춰지지도 않았고 꼼꼼히 설계되지 않은 탓에 형식과 모양에만 그쳐 있는 경우도 많았다.

십여 년 전과는 비교도 안 되게 쾌적해진 거리, 깔끔하게 단장한 도로와 시설들은 보행이 자유로운 사람들을 기준으로는 손색이 없었지만 휠체어 탄 장애인에겐 그저 그림의 떡이었다. 간혹 장애인 전용 통로나 경사로 끝에 계단이 있거나 사진을 찍으면 예쁘게 나올 구불구불한 도로는 휠체어가 자유롭게 다닐 수 없을 정도로 울퉁불퉁하였다. 계단 문턱은 말할 것도 없고 단 1cm의 높이나 미세하게 경사진 보도까지 휠체어 통행에 큰 어려움이 있다는 걸 행정 담당자가 알았다면 이런 작은 부분 때문에 겪는 장애인의 큰 어려움을 놓치지는 않았을 것이다. 실수요자인 노약자나 장애인들의 입장과 눈높이에 맞춘 제도와 역지사지의 디테일한 집행은 아직도 먼 일일까. 우리 같은 절박함이 없이 휠체어 장애인과 함께 편안하고 안전하게 장거리 여행을 한다는 건 정말로 어려울 것 같았다.

제주도 자전거 여행 중 친구들과의 물놀이 추억을 되새기기 위해 찾은 삼양 검은 모래 해변에서 오래오래 바닷바람을 맞으며 과거를 회상하던 재윤이의 들뜬 표정은 당장이라도 휠체어를 박차고 일어나 모래사장에서 물장난을 할 것처럼 보였다. 세찬 바닷바람과 하얗게 부서지는 파도 소리에 오래전 바닷가에서 무리지어 놀고 있던 재윤이와 친구들의 웃음소리가 묻어났다. 즐거움의 절정, 젊음과 생기의 한가운데서 쩽쩽한 웃음으로 허공을 가르던 수많은 재윤이들이 필름처럼 스쳐갔다. 휠체어를 잡은 손에 힘이

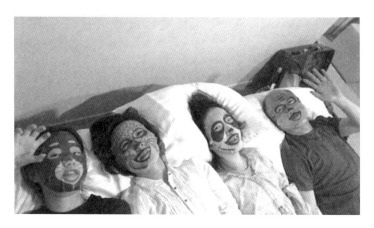

| 동물모양 마스크팩을 하고 누운 가족

폴리면서 다시 가슴이 저리고 찌르듯 아파왔다.

  휠체어에 가만히 앉은 재윤이의 진두지휘로 영화 〈건축학 개
론〉과 인기 드라마 촬영지를 찾아가 주인공 흉내도 내보고 영화
의 한 장면처럼 사진도 찍었다. 재윤이가 짚어주는 포인트에서 깨
알 지시대로 배우처럼 자세를 잡으면서 한 컷 한 컷 추억을 저장
했다. 재윤이의 아바타가 된 우리들은 주인공의 동선을 따라 움직
이며 그가 먹고 마신 음식과 음료도 따라 먹었다. 사진 박물관에
서는 힘든 내색없이 다양한 배경 그림 앞에서 갖가지 코믹한 포즈
를 취하면서 재윤이의 입맛대로 연출된 사진 촬영에 동원되었다.
말하는 대로 움직여주며 원대로 따라주는 가족들을 이끌고 곳곳

을 누비는 휠체어의 재윤이는 내내 의기양양한 선두대장이었다.

어둔 밤바다 시원한 바람과 파도는 해변의 산책로를 따라 걷는 우리들에게 서로 다른 평화를 선사하였다. 나와 남편의 무겁고 먹먹한 고요의 평화와 달리 재윤이와 채림이의 가볍고 들뜬 평화는 이상하리만치 낯설게 조화로웠고 익숙하게 편안했다. 거기서 재윤이의 제안으로 '얼굴 몰아주기' 사진을 찍으면서 배가 아프도록 웃었던 까닭에 얼굴 근육이 얼얼해진 건 행복한 고통으로 남았다.

마음씨 좋은 장애인 사장님의 특별한 배려로 완벽한 케어를 받으며 버기카까지 타게 된 재윤이는 흙먼지와 함께 날린 웃음으로 또 하나의 버킷리스트를 이루었다. 안전에 대한 우려 때문에 포기할 뻔했던 버기카는 기꺼이 번거로움을 감당해 주신 사장님의 동병상련, 역지사지의 배려와 공감으로 성취된 소원이었다. 간절히 원하면 이루어진다는 것을 제주도에 여행온 휠체어의 재윤이가 보여주고 있었다.

녹차 아이스크림을 나누어 먹고 녹차밭 사이를 누비며 사진을 찍어대는 동생을 바라보며 재윤이는 대리만족으로도 그 순간을 만끽하는 것처럼 보였다. 주변에서 여행을 즐기는 모든 사람들의 웃음을 제 것인 양 좋아했다. 재윤이만 좋아하는 말고기

| 제주 해안 산책

| 제주 서연의 집

육회와 모두의 입맛을 사로잡은 오분자기 전복 뚝배기, 흑돼지 삼겹살 구이, 해물라면 등은 미식가 재윤이의 탁월한 선택이었다. 여행을 위해 특별히 허락된 소화기관을 가진 듯 매끼 밥그릇을 깨끗이 비우는 재윤이를 보며 모처럼 마음이 놓였다. 밤에는 숙소에서 재윤이의 지시대로 갖가지 동물 모양 마스크팩을 하고 나란히 누워 사진도 찍었다. 이벤트의 여왕 재윤이가 언젠가 영상으로 찍고 싶은 행복한 가족 여행이 있다면 이런 것일지 모른다고 생각했다.

건강한 젊음으로 친구나 연인과 함께 해보고 싶었을 생기발랄한 여행의 이벤트를 준비해 준 재윤이 덕에 젊은 사람들만 아는 소문난 맛집에서 입의 호사까지 두루 누렸던 가족 여행은 오랜 추억을 위한 찰나의 꿈 같은 이별 여행이었다. 아무것도 모른 채 서로를 챙겨주며 여행을 즐기는 두 딸, 조용한 미소의 카리스마로 여행을 진두지휘했던 재윤이와 우리는 풍성한 추억의 선물 보따리를 안고 집으로 돌아왔다.

자전거를 타며 젊음의 절정을 누렸던 제주도에서의 마지막 가족 여행은 서로 다른 의미와 진한 추억이 된 한 편의 가을동화로 저마다의 가슴에 남아 길고도 오랜 외로움의 벗이 될 것이다.

장지葬地 그리고 장지長地

밭은 호흡, 사레, 기침, 욕창, 마비…… 정해진 순서처럼 병증
은 어김없이 진행되고 있었다. 조금씩 수위가 높아지는 증상으
로 인해 간병의 긴장도 더해갔다. 목에 고인 가래가 호흡을 방해
할까봐 약을 먹이고 늘 상태를 살펴야 했다. 식사와 배변, 호흡
과 가래, 수면과 세면, 환복과 욕창 등 24시간이 부족한 간병은
말이 필요 없었다. 힘겨운 기침으로 탈진할 지경이 되자 수다쟁
이 재윤이도 점차 말을 잃어갔다.

밤중에도 일어나 우유를 먹이고 기저귀를 갈아줘야 했던 24
년 전의 초보 엄마처럼 불치병으로 다시 아기처럼 된 재윤이를
보살피는 낯설고도 익숙한 간병은 희망이 없어 더 고단했다. 아
우라 같은 피곤은 자주 현기증을 동반했고 어지러워 쓰러질 뻔
한 적도 많았다. 나를 돌봐주는 이 없으니 알아서 보약이라도 챙
겨 먹었어야 했는데 거기까진 생각이 미치지도 못했다. 악화일
로에 있는 재윤이 생각만으로도 머리가 복잡하고 마음이 무거

워 나를 돌볼 수도 없었다. 아무리 내일의 두려움을 잊고 오늘 하루를 감사로 긍정하고 극복한다 해도 재윤이의 간병과 이 길의 끝에 우리가 맞닥뜨릴 상황을 피할 수는 없을 것이다. 이러한 병의 진행 속도라면 홀연한 이별이 우리의 예상보다 더 빨리 올지 모른다는 생각에 마음까지 바빠졌다. 슬프고 애달파도 피할 수 없는 이별과 아름다운 마무리를 위한 세세한 계획과 준비가 필요한 시점이었다.

장애를 가지고 태어나 내도록 고생만 하다 끝내는 병으로 세상과 작별하게 될 재윤이에게 내가 해 줄 수 있는 마지막 선물은 무엇일까. 만삭의 배를 안고 출산을 준비하던 때가 엊그제 같건만 산고로 낳아 기른 생떼 같은 내 자식의 이른 죽음을 준비해야 하다니…….

드라마틱하다는 말조차 품지 못하는 운명과 반전 없는 인생이 있다면 그 주인공은 내가 아닐까. 원치 않던 셋째 딸로 태어난 내가 자라면서 경험했던 은근한 차별과 무관심은 장애인이라는 이유로 재윤이가 견뎌낸 사회의 따돌림이나 모욕과 별반 다르지 않았다. 노력해서 이룬 성취는 딸이라서 평가절하되었고 아들이 아니라는 이유로 장점도 때로는 단점이 되었다. 손자가 받을 복을 내가 채갔다며 내 복을 뺏어서라도 손자에게 주고 싶어하던 할머니의 남아선호는 자기를 낳고 실망한 나머지 다 크도록 남장을 하여 키운 그 아버지의 사고에서 한 발도 나아가지 못한 채 대물림되었다. 손자가 아닌 손녀들은 남의 집 귀신이 될 적대와 혐오의 대상이었다. 욕하면서 배운다고 아버지로부터 부당한 대우를 받고 자란 할머니는 윗대의 고루하고 불공평한 사고방식을 끊어내지 못한 채 동지를 적으로 여기면서 딸과 여자를 무시하였다.

대를 이어줄 아들도 기다리던 딸도 아니었던 내가 태어난 지 한참 후에야 엉뚱한 날짜로 호적에 오른 것이나 멀쩡한 내 이름을 두고도 아들을 기다리던 어른들의 바람을 닮아 '완선이'라 불렸던 것도 이상한 일은 아니었다. 딸은 이제 그만 낳고 싶다는 간절한 원이 담긴 '완선이'는 5년 터울의 남동생의 탄생으로 이름값을 해냈고 딸로 태어난 내가 두고두고 뭇 어른들의 칭찬과 사랑을 받았던 것도 그 때문이었다. 사명을 다한 이름처럼 쓸모가 없어진 나는 북적이는 5남매 대가족의 틈바구니에서 홀로 친가나 외가로 유배되곤 했다. 출생과 성별 그리고 남동생의 탄생까지 내 의지와는 아무 상관없는 일로 실망과 기쁨을 주었던 나는 가족의 맨 끝 서열, 관심의 사각지대에서 더는 주목받을 수 없는 존재였다. 어린 나의 그림자 같은 외로움은 오랜 벗이나 평생의 동반자가 되어 줄곧 나를 따라다녔다. 특별히 관심을 두지 않아도 제 일을 알아서 하는 말수 없는 딸로 자란 내가 애써 이룬 단물 같은 성취는 가족의 기쁨이 되곤 했지만 그게 전부였다. 자랑은 할 수 있으나 사랑을 주기엔 부담스런 셋째 딸, 성가신 손녀. 엄하고도 따스한 훈육으로 키워주신 아버지의 사랑 덕에 자존감을 지키며 자랄 수 있었던 것은 천만다행이었다. 그 촘촘하고 살가운 사랑이 아니었다면 지금보다 더 크고 깊은 상처를 안고 살았을 것이다. 곁다리, 잡초같이 자라왔던 내가 온실 동양란을 키우듯 장애를 가진 자식을 살뜰히 돌보고 키우는 건 듣도 보도 못한 일을 해내야 하는 어려움이었다.

엄마와 모성애가 뭔지도 모른 채 장애인을 딸로 둔 엄마였던 나는 그 고통의 상처가 아물기도 전 불치병 루게릭의 장애인 딸 곁에서 피눈물을 흘리는 엄마가 되었고 새파랗게 젊은 딸자식의 죽음 앞에서 이제 황망한 이별을 준비해야 하는 비극의 주인공이 되어 있었다.

누가 인생을 아름답다 했으며 무엇이 인생을 살 만하게 하는지 나는 모른다. 다만 나처럼 묵묵히 평범하고 소박한 희망을 안고 살아오다 다시 끝 모를 절망 속에서 살아내다 끝내는 자식을 가슴에 묻고 살아가야 하는 사람들의 아픔과 슬픔을 누구보다 속속들이 알고 헤아릴 수 있다는 것을 알 뿐이다.

재윤이가 위급한 상황에서 우리가 어떻게 대처해야 할지, 급박한 상태에서 누구에게 어떤 도움을 청해야 할지, 낮과 밤의 변수와 법적인 문제가 될 만한 갈등 요인에 대한 대비, 응급실과 병원의 지정 그리고 장례 절차와 방법, 장지의 선택 등 대비하고 준비해야 할 일들과 마련해 두어야 할 일들이 차고 넘쳤다. 여러 시뮬레이션과 상황별 대처 방법 그리고 비상 연락망, 응급실·장례 병원과 장례 절차 등을 남편과 꼼꼼히 상의하고 결정하였다.

만남처럼 이별에도 예의와 절차가 있는 터라 그 마지막 이별의 시간을 내 감정에만 치우쳐 정신없이 보내서는 안 된다고 생각했다. 과하지 않으며 경우에 맞는 우리만의 아름다운 이별식을 치루기 위해서는 미리 체크해 두어야 할 일들이 적지 않았다.

혼자 사는 어머니를 가까이서 돌보며 살던 아들이 어느 날 아침 욕실에 넘어져 숨져 있는 어머니를 발견하고 신고를 했더니 피의자 입장으로 경찰에 불려가 몇 시간 조사를 받았다는 지인의 이야기는 내게 큰 충격이었다. 황망한 이별에 마음을 추스를 짬도 내주지 않는 냉정한 법 집행이 섬뜩하게 다가왔다. 집에서 자연사하는 경우 그럴 수도 있겠구나 싶어 위급한 상황에서는 지체없이 119에 전화를 하거나 병원 응급실을 찾아야 한다는 것도 알게 되었다.

상태가 위중하여 연명 치료를 하기로 결정하면 도중에 어떤 이유라도 중단하기가 쉽지 않다는 것도 염두에 두어야 할 점이었다. 기분과 감정에 치우쳐 눈앞의 일만 해결하려다가는 의도와 달리 환자의 인간적 품위와 존귀를 헤칠 수도 있다. 사람의 삶과 죽음에는 형식과 절차만큼이나 그것을 바라보는 자신의 가치관과 믿음이 얼마나 중요한가를 다시 한번 깨달았다.

우리는 재윤이의 상태와 병증을 늘 주의깊게 살피면서 어떤 상황에서도 당황하지 않고 신속하게 대처할 수 있는 방법을 꼼꼼하게 준비해야 했다. 그리고 재윤이가 편안히 잠들 수 있도록 전후 상황을 예비하고 안식의 자기를 찾아두는 일도 소홀히 할 수 없었다.

너무 번잡하거나 집에서 멀지 않으며 그리울 때 언제든 찾아가 함께 시간을 보낼 수 있는 곳. 온종일 볕이 들어 밝고 따뜻하며 시야가 확 트인 정남향. 푸른 하늘과 흰 구름 그리고 초록의 산등성이가 포근히 감싸주는 아늑한 자리. 아득히 먼 하늘 너머 그리움을 감싸 안은 깊은 고요와 너른 침묵의 안식처.

두근대는 설렘으로 맞는 탄생과 달리 애통과 탄식이 앞서는 사별은 부모가 자식을 위해 준비해서는 안 될 사랑의 방법이었다. 냉수를 마셔도 위아래가 있는 법인데 어찌 예의바른 재윤이는 엄마를 뒤로 하고 먼저 세상을 떠나려 하는 것인지.

재윤이는 끝끝내 대중의 상식과 주류의 범주에 들 수 없는 삶과 운명인가 보았다. 사람들을 좋아하고 사람들과 함께하고 싶은 일이 차고 넘쳤던 사랑꾼 재윤이는 어떻게 해도 온전히 자신을 받아주지 않는 이 세상을 떠나 마음껏 꿈꾸고 누릴 수 있는 하늘 낙원으로 가고 싶었던 걸까.

재윤이의 장지를 찾기 위해 휴가를 낸 남편과 함께 내려가는 차 안에서 나는 흐르는 눈물을 주체하지 못한 채 참담한 심정으로 대지 추모공원을 찾았다. 그곳은 평일 한낮 망자의 침묵 속에 적막하고 고요했다. 먹먹한 마음으로 긴 한숨이 턱까지 차오른 나와는 아무 상관 없는 것처럼 초여름의 따가운 햇살과 초록 잎을 흔드는 바람 그리고 새와 풀벌레들은 정지된 화면 속에 생기를 불어 넣고 있었다. 박제된 삶과 침묵의 죽음을 위로하는 뭇 생명의 몸짓은 꿈결처럼 허망하게 보였다. 허공에 붕 뜬 기분이었다.

나보다 먼저 떠날 자식의 장지를 찾아 나선 내가 한없이 낯설고 민망했다. 눈을 어디에 둬야 할지 몰라 흔들리는 시선으로 주변을 서성였다. 있어서는 안 될 곳에 있는 내가 어색할 따름이었다. 관리사무실 직원이 장지와 매장에 대해 해주는 긴 설명도 소음처럼 한 귀로 흘려 듣고는 재윤이가 편히 누워 쉴 만한 자리를 찾아 둘러보니 공간과 터가 전해주는 편안함 때문인지 긴장이 풀리면서 주변이 몽롱해지는 느낌이었다. 속이 메슥거리는 것 같았고 찌르듯 내리 꽂는 한낮의 햇살과 더위 때문에 어지러워 주저앉고만 싶었다.

연초록의 탁 트인 공원과 저 멀리 산등성이가 하늘과 맞닿은 풍경이 한눈에 바라보이는 정남향의 자리 아래쪽에는 햇살에 반짝이는 연못 속 물결이 쉴 새 없이 조잘대고 있었다. 여기서 재윤이는 짧은 생, 고통과 기쁨을 주던 병들고 약한 몸을 누여 오랜 안식을 갖겠지…….

산을 등지고 물을 바라보는 배산임수 명당 터가 아무리 좋은들 내 곁에 살아 숨 쉬는 재윤이의 병상보다 나을까. 나와 재윤이는 장애나 불치병 같은 고통을 전제로만 함께 살 수 있는 것일까. 우리가 함께 자유로워지는 것은 죽음의 이별 후에나 가능한 것일까. 죽음을 앞둔 어린 자식의 장지를 제 것보다 먼저 찾아 두는 부모가 대체 몇이나 될까…….

순리를 거스르는 우리의 처지에 또 한번 억장이 무너졌다. 할 수만 있다면 내 남은 생명을 젊음의 절정을 누려야 할 재윤이에게 넘겨 주고 내가 저 자리에 눕고만 싶었다.

재윤이가 병들기 전 사춘기의 반항으로 한참 나를 애태울 때화가 머리 끝까지 치밀어 이렇게 엄마를 힘들게 하고 무슨 염치로 나중에 내 무덤에 와 울거냐고, 나 죽으면 무덤에 오지도 말

공원묘원

라고 소리친 적이 있었다. 그 말이 비수가 되었는지 잠시 후 재윤이는 눈물을 글썽였다. 자신을 거부하는 엄마 때문에 마음에 큰 상처를 입고 엄마가 그렇게 말하면 너무 슬프다고 느리게 말했다. 이렇게 나보다 먼저 세상을 떠나 나중에 내 무덤에 와 울 수도 없게 된 재윤이를 생각하면 다시 가슴이 미어진다. 분노에 차 생각 없이 내뱉은 말이 이런 현실로 나타날 줄이야…….

태어나는 순간부터 나를 놀래켰던 재윤이는 견디기 힘든 치료와 수술, 만만치 않은 사회적 냉대를 끝끝내 자신만의 성취로 이겨냈다. 그 승리의 기쁨이 채 가시기도 전 상상도 못한 방법으로 이 세상과 우리에게 작별을 고하려 하는 것이다. 내 얄팍한 지식과 마음이 이끄는 욕망과 생각이 끌어내는 의지를 송두리째 뒤집어 버린 내 삶의 토네이도, 작고 연약한 재윤이가 이제 겨우 눈과 마음을 맞추어 운명과 삶을 온전히 받아들이고 그 속에서 웃음과 행복을 찾을 궁리를 하고 있던 엄마 곁을 서서히 떠나려 하고 있다.

도대체 왜 무엇 때문에 우리는 이런 특별한 삶과 이별을 맞아야 하는지 여전히 알지 못한 채 재윤이의 선천적 장애를 넘어 현대 의학이 고칠 수 없는 불치병과 죽음이 가져다 줄 이별을 속절

없이 받아들여야 하는 것일까. 이제는 알 것 같다고, 무엇이든 할 것 같다고 느끼고 마음먹는 순간 생뚱맞은 모양으로 뒤통수를 치는 얄궂은 내 운명. 지금껏 그래왔듯 바로 다음 순간이나 앞으로 내 앞에 펼쳐질 미래 역시 내 의지와 아무 상관없는 운명의 것은 아닐까.

폐허를 남기고 간 무자비한 허리케인으로 천신만고 끝에 살아남은 주인공의 그 다음 이야기를 관객의 상상에 맡긴 채 엔딩 크레딧을 올린 감독은 그 영화를 통해 내게 무엇을 전하고 싶었을까. 폐허 속에서도 인간의 끈질긴 생명력으로 삶은 지속되고 이어지지만 희망과 열정이 메말라버린 인생은 과연 무슨 의미가 있을까. 자식을 앞세운 피폐한 몸과 마음으로 나는 이제 어떻게 살아갈 수 있을까. 어디라도 가서 쌓인 울분과 고인 눈물을 마음껏 토해내며 소리내어 엉엉 울고 싶었다.

엄마가 돌아올 시간을 목 빠지게 기다리던 병상의 재윤이는 기진맥진해 돌아오는 엄마가 어디서 뭘 하고 왔는지도 모른 채 환한 미소로 나를 반겼다.

누구와도 나눌 수 없고 어디서도 삭일 수 없는 서러움을 꾸역꾸역 안으로 밀어 넣으며 저미는 슬픔으로 차오르는 생각과 감정을 삼켜야 했다. 재윤이가 내 눈 앞에 살아 숨 쉬는 한 가슴 밑바닥에서 솟구쳐 용암처럼 흘러나올 눈물을 참고 또 참아야 한다.

아! 이 모든 게 꿈이라면 얼마나 좋을까.

反 연명 치료 선언

　재윤이의 몸은 회복 의지와는 정반대 방향으로 가속페달을 밟고 있었다. 사레와 기침은 잠시도 끊이지 않았고 그 때문에 음식을 편히 넘길 수가 없었다. 손에 쥐여 주면 TV 리모콘이나 핸드폰의 버튼을 누를 수 있던 오른쪽 엄지손가락도 더는 움직이지 않았다. 고개를 옆으로 돌리거나 몸을 살짝 틀 수도 없었다. 반공기의 밥도 겨우 넘겼고 숨이 가빠 긴 말을 하기도 어려웠다. 성대에 내장 마이크가 있는 것만 같았던 크고 우렁찬 목소리는 옛 일이 되었다. 그러지 않아도 자그마한 몸은 더 작아졌으며 살이 빠져 뼈만 앙상해진 몸은 마른 가지처럼 보였다. 24시간 밀착 간병, 이제는 잠시도 눈을 뗄 수가 없었다.

　이러한 진행 속도라면 재윤이도 조만간 폐에까지 마비가 진행되어 호흡도 기계에 의존하게 될지 모른다. 어쩌면 호흡기뿐 아니라 식생을 위해, 가래를 뽑기 위해, 용변 처리를 위해 더 많은 기계와 줄을 몸에 붙이게 될 것이다. 언젠가 개발될 획기적인 의학 기술로 건강을 회복할 기적의 그날까지 오래오래 살아남기 위해 연명 치료를 할지 아니면 자연의 순리에 운명을 맡길지를 결정해야 하는 순간이 성큼성큼 다가오고 있었다.

숨과 삶, 생존의 모든 것을 기계와 간병에 의지한 채 눈의 깜빡임으로만 의사소통하는 재윤이를 상상하는 것은 긴 이별만큼이나 끔찍하고 두려웠다. 게다가 목에 호흡기를 부착한 환자 본인이 겪는 지속적인 고통 또한 견디기 힘든 것이라 하지 않던가. 죽음을 이생의 완성이자 내생의 문이라고 본다면 이생의 사명을 마친 후 자기의 다음 생을 향해 떠나도록 욕심을 내려놓고 편안히 보내주는 것 또한 사람과 삶의 존귀와 존엄을 지켜주는 것은 아닐까.

전에도 가끔 나와 남편은 어떻게 맞게 될지 모를 죽음과 마지막 삶에 대해 이야기를 나누었는데 더 이상 치료가 불가능한 질병으로 어려움에 처했을 때에는 기계에 의지한 연명이 아니라 자연사를 하기로 했다. 만일 그런 상황이 되면 조금도 망설임 없이 연명 치료를 거부하고 얼마 남지 않은 자신의 삶을 돌아보면서 가족들과 유쾌하고 즐겁게 이생의 인연과 삶을 마무리하고 싶었다. 인생의 동반자이자 보호자가 될 서로에게 마지막 바람과 때 이른 유언을 남긴 셈이었다.

인과 연을 따라 태어나 각자의 역할과 사명을 다하다가 하늘의 부르심으로 홀연히 떠나는 인생길. 하늘이 축복해 주신 존엄하고 존귀한 사람의 삶을 서로 사랑하고 감사하며 살다 평온하게 떠나는 삶. 사람과 삶에 대한 예의와 품위를 지키면서 물처럼 바람처럼 서로 떠나고 보내주기로 하였다.

우리는 자신의 쾌유에 대한 의심 없는 낙관과 긍정으로 자신의 병명조차 묻지 않는 호기심 많은 재윤이에게 치료가 불가능한 지금의 상황과 연명 치료 여부를 물을 수가 없었다. 그건 혹독한 겨울 알몸으로 추위를 견디며 다가올 봄의 온기를 소망하는 사람에게 매서운 눈폭풍을 날리는 것과 다르지 않았다. 그렇다고 본인 의사도 확인하지 않은 채 운명을 좌우할 결정을 차일피일 미루다 갑자기 혼수상태가 된다면 우리가 그때 어떤 선택을 할 수 있을까. 때로는 인간의 양심과 선의조차 외면하는 냉정한 법이 재윤이의 존귀와 우리의 속사랑을 함부로 판단하고 정죄할지도 모를 일이었다.

더는 미룰 수 없는 생사의 기로, 그 중차대한 결정을 어떻게 해야 할지 또 재윤이 본인의 의사를 어떻게 확인할지 고민하면서

| 휴학 후 집에서

하늘의 지혜를 구하고 또 구했다. 한 치 앞도 모르는 나약하고 부족한 나는 어떤 상황에서도 기도를 멈출 수 없었다.

그러던 어느 날 우연히 연명 치료를 주제로 하는 TV 프로를 재윤이와 함께 보게 되었다. 연명 치료가 무엇이며 어떤 장단점이 있는지 방송을 보면서 차근차근 알려주다가 "만약 엄마나 아빠가 몸을 심하게 다치거나 늙고 병들어 호흡기가 필요한 위태로운 순간이 온다면 절대 기계에 의존한 연명 치료를 받지 않을 거야. 억지로 내 생명을 연장하느라 너희들 인생을 방해하고 깊지도 않고 기계의 도움으로 누워 숨만 쉬는 것은 의미가 없다고 생각하니까. 사람에게 내일 무슨 일이 생길지 모르니까 보호자가 될 맏딸인 네게 미리 말해두는 거야. 그럴 때 누가 곁에서 무슨 말을 하든 흔들리지 말고 감사의 기도와 찬송으로 마지막을 지켜주면 좋겠어. 끝까지 가족과 함께 노래하고 이야기 나누다 떠나 갈 수 있다면 얼마나 멋진 삶이고 죽음의 모습이겠니"라고 담담하게 말해 주었다. 재윤이는 자기가 부모의 보호자가 된다는 말에 책임감과 자부심으로 눈을 반짝이며 소원대로 마지막을 든든히 지켜주겠다고 약속했다. 늙은 부모의 보호자가 될 자신은 지금 앓고 있는 병이나 다가오는 죽음과는 아무 상관도 없는 것처럼 보였다. 자신도 아빠나 엄마처럼 나중에 연명 치료를 하지 않을 거라고 마치 한 배를 탄 동지처럼 말하는 병상의 재윤이는 사뭇 비장해 보였다. 부모에 대한 책임을 다하려는 믿음직한 맏딸로서의 다짐과 함께 자신도 먼 훗날 늙어 제 자식의 보호 속에서 자연스러운 죽음을 맞고 싶다는 의미임을 나는 알고 있었다.

어쨌든 재윤이가 연명 치료에 대한 제 의사를 분명하고 정확히 밝혀 주어 놀라는 한편 마음이 놓였다. 우연이라고 하기엔 너무나 시의적절한 필연이었다. 그런 순간이 올지 안 올지 모르지만 연명 치료 여부를 선택해야 할 때 삶과 죽음을 바라보는 시각이 나와 같은 재윤이의 뜻에 따라 망설이지 않고 반 연명 치료를 선택하게 될 것이다. 인명은 재천人命在天이라 했듯 삶과 죽음, 오늘과 내일을 하늘의 뜻에 오롯이 맡기고 욕심을 버린 우리의 하루를 후회 없이 살기로 했다.

나보다 먼저 먼 길을 떠나게 될 재윤이의 남은 시간은 생각만으로도 애간장이 녹았다. 눈물이 왈칵 쏟아질 것 같은 순간마다 눈앞에 살아있는 재윤이의 작고 보드라운 손을 꼭 쥐었다. 손끝으로 전하는 엄마의 사랑에 재윤이는 미소로 화답해 주었다. 그 미소에는 근심과 걱정, 두려움이나 서러움을 녹여내는 마법의 힘이 숨어 있다는 것을 그때 처음 알았다. 재윤이 안에는 애초 어둠이나 그늘이 없는 것 같았다. 죽음을 코앞에 둔 병상의 어린 딸이 어쩌면 이렇게 밝은 빛으로 엄마를 위로할 수 있단 말인가.

행여 마음이 바뀌어 생에 대한 집착이나 욕심, 끈끈한 육정으로 생사에 연연하지 않기 위해 틈틈이 두 손 모아 기도하면서 다만 재윤이가 오늘 하루 조금 더 편안하게 지낼 수 있도록 온 힘을 쏟았다. 생사화복에 무기력하기만 한 내가 기력을 다 해 할 수 있는 게 그것 말고는 없었다.

아무렇지 않은 듯 재윤이와 병상에서 나누었던 반 연명 치료에 대한 우리의 확고한 선언은 삶과 죽음을 바라보는 우리의 믿음이자 부질없는 욕심을 부추기는 세상에 대한 나직한 일갈이었다.

이제 우리는 연명延命 아닌 연명憐命의 마음으로 아프고 시린 서로의 몸과 마음을 위로하면서 손끝에 사랑을 담아 '오늘'을 살아낼 것이다.

또 하나의 가족

어려움에 처해 봐야 평소에는 몰랐던 상대방의 속마음과 본심을 알게 된다던가. 옴짝달싹 못할 고난에 직면하니 사람에 대한 진정한 관심과 사랑은 어떻게든 전달된다는 것과 마음에도 없는 형식이나 립서비스는 안 하느니만 못한 사랑의 무늬일 뿐이라는 걸 알게 되었다. 이웃사촌만도 못한 가족처럼 혈육을 무색케 하는 이웃도 가족의 속살을 가지고 우리 곁에 함께 하고 있다는 것도 깨달았다.

재윤이의 투병과 내 간병의 어려움에 공감하고 지속적 관심과 도움의 손길로 큰 위안과 위로를 주었던 이들은 말보다 행동으로 사랑을 전하려는 속 깊고 마음 따뜻한 이웃들이었다. 우리의 어려운 상황과 처지를 자기의 경험에 비추어 꼼꼼히 헤아리고 절실한 도움과 위로를 주려는 사람들의 마음과 손길로 인해 외롭고 시린 시간을 따뜻하게 견딜 수 있었다. 반면 강 건너 불구경하듯 병상의 소식만을 궁금해하거나 어쩌다 한번 연락하여 이래라저래라 간섭하고 간병을 돕는 엄마로서의 내 처신을 지시하는 사람들은 위경에 처한 내 마음보다 곤경을 바라보는 자기의 심정이 더 소중한 사람들이었다. 아는 만큼 보인다고 내 어려움과 타는 속도 모르면서 다 지나가는 일이라며 잠시의 고통을 견뎌야 하는 사람에게나 할 말을 고통의 끝에 자식과 사별하게 될 내게 건네는 건 조롱이고 모욕이었다. 때와 이치에 맞는 적절한 말과 행동은 얼마나 중요한가.

부탁도 거절만큼 어려워하는 내가 힘든 내색도 못하고 사방팔방 동분서주하는 모습 때문이었는지 먼저 손 내밀어 준 가까운 가족과 이웃, 동료들 덕에 혼자서는 하기 힘든 일들을 때로는 어렵지 않게 처리할 수 있었다. 관심에서 시작되는 사랑이 세심한 마음과 예리한 관찰로 이어지듯 굳이 말로 하지 않아도 포착된 내 곤란한 표정과 분주한 모습만으로 그들은 도움과 손길을 주저하지 않았다. 생색내지 않으면서 때 맞춰 내 손발이 되어 주거나 흔쾌히 시간을 내어 병문안을 와 곁을 내어주고 단조로운 재윤이의 일상에 재미난 말동무가 되었다. 정성이 담긴 별미로 재윤이와 나에게 감동의 입맛을 선사해준 마음과 향기로운 꽃다발로 병상의 벗이 되어 준 손길들은 진하고 찡한 위로가 되었다. 또 엄마

도 하기 힘든 간병을 매일 반나절씩 정성껏 해 준 도우미님이야
말로 병상의 수호천사였다. 사람은 가장 곤란한 처지에 있을 때
내밀어 준 따스한 손길과 곁을 내어준 사람의 향기를 잊을 수 없
는 법이니까.

간병의 최일선에는 내가 있었지만 바쁘고 고단하여 생긴 틈
과 사이는 인간의 보편성과 진정한 휴머니즘의 확고한 신념을
가진 가족 같은 이웃 사람들이 메워주었다.

아무것도 해 주지 못하고 받기만 하던 우리도 언젠가는 받기
만 했던 그 사랑을 다시 누군가에게 우리의 몫을 더 얹어 사랑
과 온기로 내어 주리라 다짐했다.

중증 환자들이 일주일에 한 번씩 받을 수 있는 목욕 서비스는
무엇보다 사람에 대한 전적인 믿음과 피차 간의 신뢰가 우선 되
는 내밀하고 사적인 부분이라 도움을 받아야 할지 말지 처음부터
고민이 많았다. 하지만 병세가 악화될수록 재윤이는 제 몸을
조금도 가눌 수 없었고 아무리 작은 체구라도 늘어지듯 기대는
온몸을 나 혼자는 도저히 감당하기 어려워 도움을 받지 않을 수
없었다. 어쩔 수 없이 망설이고 미루던 목욕 서비스를 신청하면
서 어떤 분들이 우리와 인연을 맺게 될지 자못 궁금하고 긴장되
었다. 사람에 대한 존중과 사랑의 밑바탕 없이는 가족이라도 지

속적으로 하기 어려운 일이었기 때문이었다.

다행히 사람과 환자에 대한 깊은 이해가 있는 분들과 맺게 된 인연으로 재윤이는 짧은 첫 만남부터 그분들을 좋아하고 따랐다. 마치 고향 사람을 만난 이방인처럼 재윤이는 자기와 결이 같은 그분들에 대한 애정으로 목욕하는 수요일을 고대하고 기다렸다. 언제나 사람의 정과 관심에 갈급한 욕심쟁이 사랑꾼 재윤이에게 혜성같이 나타난 향기로운 사람들. 흉내 내기도 어려울 만큼 사람을 귀히 여기는 태도와 몸을 가누기 어려운 중환자를 정성껏 편안하게 다루는 프로다운 손길은 단지 숙련된 스킬에서 비롯된 것이 아니었다. 온화한 눈길과 따스한 손길로 나타나는 섬세한 사랑 때문에 나와 재윤이의 수요일은 언제나 즐거웠다. 잊을 수 없는 이웃, 또 하나의 가족이었다.

때로는 깜짝 놀랄 만한 도움도 받았다. 좋아하던 커피 한 잔도 여유있게 마실 짬이 없던 내게 어느 날 더치커피를 보내 주겠다는 대학 동기의 연락을 받았다. 취미 삼아 시작하여 일류 바리스타 못지않은 실력자가 된 그는 내 책(『내 인생의 무지갯빛 스승』, 2015)을 통해 알게 된 나와 재윤이의 처지를 안타까워했는데 커피를 내리던 어느 날 '우리 엄마도 커피 좋아하는데……'라는 환청이 들렸다고 했다. 목소리가 너무 생생하여 도대체 그게 무슨 말인가 온종일 생각하다가 재윤이를 간병하는 나를 떠올렸다면서 내 커피 취향을 확인하고는 간병하는 내내 떨어질 새 없이 맛과 향이 가장 좋은 더치커피를 넉넉히 보내주었다. 학창시절엔 그저 눈인사만 나누었던 대학 동기와 재윤이의 콜라보, 두 측은 지심이 만나 일군 기적 같은 커피와 믿기 어려운 사랑의 힘은 간병의 고단함을 이기게 해 준 감동의 묘약이었다.

가족 같은 사람 간의 사랑의 텔레파시는 때때로 마음을 녹이는 진한 커피향이 되기도 하는 모양이다.

또 우리 가족을 초대하여 잘 차린 식사와 함께 병과 간병의 어려움을 나눈 오랜 지인은 바로 내일만 생각해야 하루하루를 견딜 수 있지 않겠냐며 진실하고 담담한 위로를 건넸다. 재윤이의 병과 증세 그리고 머지않은 미래에 닥칠 상황을 누구보다 잘 아는 의사로서 그가 해준 말에 스민 간곡하나 힘 있는 진심이 쓰라린 가슴에 따스하게 파고들었다. 지금 여기서 누릴 수 있는 크고 작은 행복을 '내 일'로 만들 수 있는 '오늘과 내일', 오래지 않을 마지막 시간들이 좌절과 절망 때문에 얼룩지지 않기를 바라는 간절한 그의 위로를 모를 리 없었다. 그의 말처럼 뼈를 마르게 할지언정 근본적인 해결책이 될 수 없는 앞날에 대한 불안과 걱정은 아무짝에도 쓸모가 없었다. 움직일 수 없는 재윤이를 위해 소화를 돕는 고품질 유산균까지 꼼꼼히 챙겨 준 그는 어려움에 처했을 때마다 시의적절한 도움으로 우리에게 큰 의지가 되었다. 사람에 대한 너른 이해와 함께 자신을 돌아보는 성찰과 연구를 쉬지 않는 까닭에 아직도 많은 이들에게 깊고도 담백한 의술을 따뜻하게 펼치고 있다.

간병에 꼭 필요한 가구나 도구를 시간과 공을 들여 멋지게 만들어 주거나, 특별한 간식과 재미난 이벤트로 말보다 실천의 사랑과 위로를 보내준 가까운 사람들의 보이지 않는 힘은 재윤이와 나의 투병과 간병을 견디게 하는 든든한 축이었다. 따뜻한 공감과 위로의 힘은 때때로 무너지려는 몸과 마음에 에너지를 주는 충전된 배터리 같아서 방전된 나를 오뚝이처럼 일으켜 주었다.

악마는 디테일에 있다지만 천사도 마찬가지다. 관심의 씨앗에서 자라나는 천사의 사랑은 따스한 시선과 공감의 손길로 나타난다. 또 사소한 행동과 지나치는 말 속에 묻어 있는 잔잔한 사랑에는 천사의 위로가 녹아 있어 상처 입고 고통받는 사람에게 살아갈 힘이 되어 준다. 천사의 디테일에는 생명수가 들어 있는 것 같다.

진짜와 가짜, 온기와 냉기는 일상의 디테일, 사이와 경계 속에 숨어 있지만 두고두고 온기를 전하는 진짜 선과 참 사랑은 깊고도 진실한 느낌으로 오래오래 남는다.

예지몽

이따금 너무 생생하여 잊히지 않는 꿈을 꿀 때가 있다. 신기하게도 전날 밤의 꿈에서와 똑같은 일이 일어나 소름이 끼치기도 하고 한참 후에야 전에 꾸었던 꿈처럼 전개되는 현실에 놀라기도 한다. 또 어떤 꿈은 운명을 암시하는 것처럼 각인되어 중대한 선택의 갈림길이나 뜻밖의 일을 당할 때 불현듯 떠오른다. 이런 선명하고 또렷한 예지몽을 꾸고 나면 그 의미와 메시지를 알아내기 위해 온종일 생각에 잠기게 된다. 결국은 지나고 나야 알게 되는 꿈 때문에 일희일비하기도 한다.

2016년 정월 초하루, 재윤이는 수많은 군중들 사이로 사람들과 악수하며 지나가던 대통령이 인파 속에 서성이고 있던 자신에게 일부러 찾아와 괜찮다며 위로의 악수를 건네는 꿈을 꾸었다고 했다. 꿈에 대통령을 보는 것 못지않게 대통령의 위로를 받는 것 또한 예사로운 꿈은 아닌 것 같아 올 한 해는 좋은 일이 있겠다며 남들 같으면 로또를 샀을 거라는 농담으로 새해의 밝은 소망을 함께 나눴다. 어쨌거나 그 1년간 재윤이는 병을 견뎌 내었고 나 역시 지쳐 쓰러지지 않고 곁을 지킨 걸 보면 꿈에서 본 대통령의 위로가 한 해를 무사히 보내게 해 준 축복으로 미리 나타났던 게 아닌가 싶었다.

2017년 정월, 꿈에서 나와 재윤이는 공항 무빙워크moving walk 에 한복을 곱게 차려 입고 함께 서서 어디론가 가고 있었다. 재윤이가 휠체어에 타지 않고 혼자 서 있다는 건 꿈에서도 놀라웠다. 우리는 줄곧 서로를 바라보며 웃고 있다가 다음 것을 타기 위해 중간에 잠깐 내렸는데 재윤이가 그 자리에서 미소를 머금은 채 바닥에 반듯이 누워버렸다. 편안한 얼굴로 나를 보고 누운 재윤이 곁에서 당황스러워하던 나는 이제 재윤이를 업고 가야 하나 어쩌나 고민을 하다가 잠에서 깼다.

나와 재윤이가 맞춰 입은 색깔 고운 한복, 재윤이가 나처럼 똑바로 서 있던 모습, 내내 서로를 바라보며 즐겁게 웃던 얼굴, 한참을 가다가 곧장 바닥에 누워버린 재윤이. 우리가 입고 있던 고운 빛깔 한복은 무슨 의미일까. 왜 재윤이는 가다 말고 누웠을까. 해맑은 미소를 띤 채 바닥에 누워 나를 보았던 건 무슨 뜻일까. 생생했던 꿈속의 상황과 표정은 내게 무슨 말을 하려는 것일까. 설마 올해가 가기 전 영영 눕고 마는 것은 아닐까.

여느 때와 다름없는 2017년 정월과 2월을 병상을 지키느라 바쁘게 보내고 3월이 시작될 무렵부터 재윤이의 몸 상태는 급격히 나빠졌다. 심한 사레와 뱉기 어려운 가래 때문에 잘 먹지도 못하고 남은 기력을 다해 밤낮없이 답답한 기침만 했다. 도움이 소용없을 만큼 숨이 가빴고 목소리를 내는 것조차 힘들어 얼굴 표정과 단답형의 짧은 대답으로만 소통이 가능했다. 앞으로는 재윤이가 하고 싶은 말을 종이에 쓴 문장으로 하나씩 짚어가며 의사소통해야 하나 심각하게 고민하였다.

틈틈이 간병을 돕던 동생도 고3 수험생이 된 후로는 아침 저녁 학교를 오가며 언니와 짧은 눈인사만 나누곤 했는데 외출은 커녕 침대에만 누워 요양을 하고 있는 언니의 병세가 날로 악화되는 것을 안타까워했다. 어려서부터 재윤이가 수술로 입원할 때마다 친구나 친척집을 전전하며 함께 고생했던 동생은 여느 때처럼 조만간 회복할 거라 믿었던 언니의 병이 오래도록 낫질 않자 몹시도 애를 태웠다.

어느 날 저녁, 울상이 되어 "언니는 매일 집에만 누워 있는데 도대체 왜 낫질 않는 거예요? 외출 한 번 안 하고 찬바람도 안 쐬는데 감기는 왜 더 심해지는 거지요? 언니가 건강했던 때가 이제 기억도 나질 않아요"라며 한숨을 내쉬었다. 면역력이 떨어져 쉽게 낫지 않는 거라 둘러댔지만 사실대로 말해 줄 수 없는 내 마음 또한 편할 리 없었다.

언니가 불치의 병으로 시한부 인생을 살고 있고 그마저 시간이 얼마 남지 않았다는 사실을 고작 열아홉 살짜리 어린 동생이 어떻게 감당할 수 있겠나 싶었고 움트는 젊음의 생기에 재를 뿌리는 것만 같아 채림이의 인생을 망치는 기분이었다. 저마다 처한 입장과 처지가 미묘하게 달라서 생기는 풀기 어려운 문제들 때문에 무겁고 버겁기는 나 역시 마찬가지였다. 각자가 무관하게 따로 살 수는 없지만 재윤이의 병을 사실대로 알려주고 언니의 마지막을 위해 애써달라며 채림이에게 감당치 못할 충격으로 희생을 떠맡길 수도 없었다. 언니의 죽음을 준비하고 감당하기에 채림이는 아직 너무 어렸고 이제 막 인생의 기로에서 제 삶을 시작하려는 채림이를 설렘과 호기심에서 어둔 절망의 벼랑 끝으로 내모는 것만 같았다. 가족의 이름으로 한 지붕 아래 사는 우리는 무엇을 함께하고 어떻게 따로 살아야 하는지 난감할 뿐이었다.

하루하루가 살얼음판을 걷는 기분이었다. 당장 위급 상황이 일어난대도 이상할 것 없는 나날이었다. 세심히 보살피며 곁을 지키느라 나 또한 밤에도 깊이 잠들 수 없었지만 더 이상 재윤이와 예전처럼 웃고 대화할 수 있는 상황이 아닌 처지에 피곤을 느낄 겨를도 없었다. 정초에 꾸었던 꿈이 자꾸만 떠올라 초조해졌다. 재윤이의 입술처럼 내 마음도 타들어 가는 것 같았다. 생기라고는 찾을 수 없는 버석한 얼굴과 말라서 딱딱해진 재윤이의 몸은 자꾸만 세상으로부터 멀어져 갔다. 함께는 갈 수 없는 길로 떠날 채비를 하는 것 같았다.

5월이 되자 정말로 시간이 촉박해졌음을 알게 되었다. 가쁜 숨소리만으로도 가까스로 생명을 이어가는 힘겨운 사투와 고통을 느낄 수 있었다. 투병과 간병의 서로 다른 입장에서 각자 자기만의 이유로 재윤이와 나는 더 이상 어떤 말로도 소통도 할 수 없는 똑같은 상태가 되었다. 질병으로 인한 이심전심以心傳心이 반가울 리 없었다.

떠올리기도 싫은 꿈, 반갑지 않은 예지몽이 뚜벅뚜벅 바깥세상으로 걸어 나오는 것만 같았다.

기사이적奇事異蹟

　재윤이를 낳고 키우면서 경험한 크고 작은 기사이적은 내가 겪고도 믿기지 않아 누구에게 전하기도 어려웠다. 눈속임의 마술이나 경지에 오른 도인의 축지법 같은 것이라면 그들의 피나는 노력의 산물이겠거니 여길 수 있겠지만 나 같이 평범한 사람에게 벌어진 비과학적 초능력은 거짓말, 농담처럼 들릴 게 뻔했다. 본전도 못 찾는 이야기로 실없는 사람이 되고 싶진 않아서 깊이 간직해 두었던 사건, 사람의 예측과 상식을 초월하는 일은 주로 재윤이와 관련된 것이었다. 재윤이 곁에서 그를 지키고 보호하는 건 엄마인 내가 아니라 보이지 않는 힘이나 범접하기 힘든 기운이 아닐까 싶을 때도 있었다. 때때로 그건 기적 같은 일이 아니라 기적 그 자체였다.

　3살 무렵 어느 날, 안방 침대 위에서 놀던 재윤이가 문이 열린 안방 창틀에서 순식간에 베란다 쪽으로 넘어졌다. 바로 옆에서

노는 걸 지켜보던 나는 너무 놀라 비명을 지르며 몸을 날려 손을 뻗었는데 마치 보이지 않는 손이 머리를 받쳐주는 것처럼 아이의 몸통보다 무거운 머리가 공중에 떠 작은 몸이 수평이 되어 있었다. 아무렇지 않은 듯 편안한 얼굴로 순간 나와 눈이 마주친 아이는 심지어 웃고 있었다. 덥썩 아이를 안고 들어와 놀란 가슴을 쓸어내리며 조금 전 내가 본 도무지 믿을 수 없는 광경에 머리가 멍해졌다. 그런 경우 누구라도 머리부터 떨어져 피가 나거나 타일 바닥에 넘어진 충격으로 뇌에 심각한 손상을 입었을 것이다. 이게 꿈인지 생시인지 분간할 수 없었다. 재윤이는 아무렇지 않게 하던 놀이를 이어갔고 나는 방금 전의 충격에서 벗어나지 못한 채 온종일 고개를 갸웃거렸다.

아무리 생각해도 있을 수 없는 일, 보고도 믿지 못할 사건이었다.

11살 재윤이와 5살 채림이를 차에 태우고 집을 나선 초겨울 아침, 삼거리에서 신호가 바뀌기 직전 빠르게 좌회전을 하려는데 블랙 아이스로 덮인 다리 위를 지나던 내 차가 미끄러졌다. 순간 통제 불능이 된 차는 브레이크를 밟자마자 신호대기로 줄을 길게 선 맞은 편 앞차로 돌진하였다. 내 차의 속도라면 맨 앞차는 물론이고 연쇄충돌의 대형 사고로 이어질 절체절명의 순간이었다. 바로 코

앞에서 자기를 향해 달려드는 내 차를 보고 기겁하던 운전자를 보면서 핸들을 돌리는 손이 뻣뻣해지고 머리가 하얘지는 순간 이번엔 차가 갑자기 방향을 틀어 차들이 없는 오른쪽 도로로 지그재그 회전을 하기 시작했다. 신호대기로 멈춰 선 차들 곁에서 곡예라도 하듯 저 혼자 이리저리 돌더니 돌연 다리 난간을 향해 직진하는 것이었다. 그 기세로는 곧장 강 아래로 추락할 것이 뻔했다. 이대로 나는 아이들과 함께 죽는구나 생각하며 마지막 있는 힘을 다해 브레이크를 밟으면서 눈을 질끈 감아버렸는데 신기하게도 다리의 난간 바로 앞에서 차가 방향을 틀어 거짓말처럼 멈춰서는 것이었다. 영화에서도 본 적 없는 스펙터클하고 가슴 쫄깃한 순간, 말도 안 되는 일이었다.

롤러코스터를 탄 것처럼 정신이 반쯤 나간 내가 다시 눈을 떴을 때 급정거한 내 차의 보닛을 커다란 날개의 흰 옷을 입은 천사가 온 힘을 다해 밀고 있는 환영이 똑똑히 보였다. 꿈도 아니고 설정도 아닌 현실이 눈 깜짝 할 사이에 펼쳐졌지만 도무지 실감할 수 없었다. 너무나 짧은 순간 눈앞에서 벌어진 황당하고 소름끼치는 일을 생생히 목격한 도로 위 차량 운전자들 역시 모두 넋이 나간 듯 신호가 초록불로 바뀌어도 누구 하나 움직이질 않았다. 뒷좌석의 두 아이들은 너무나 급박했던 조금 전의 상황을 모르는 것처럼 평온해 보였다. 눈 깜짝 할 사이에 일어난 위험천만했던 일이 아이들 눈엔 그저 빠른 화면처럼 보였던 모양이었다.

교량 위 블랙 아이스에서 차가 마구 돌았던 위험한 상황보다 그날 일어난 불가사의한 일과 믿기 힘든 생환 그리고 꿈과 현실을 분간하기 힘든 천사의 환영은 여전히 알 수 없는 의문으로만 남아 있다.

아무도 모르는 기적 같은 존재가 있다면 그건 아마 재윤이가 아닐까. 재윤이는 선천적 신체 장애처럼 타고난 품성 또한 남달랐다. 백일이 갓 지난 후부터 해야 했던 고통을 동반하는 수술과 치료를 어린아이 같지 않게 꾹 참아내던 인내심, 무섭고 아파 서럽게 울다가도 의사 선생님께 고맙다는 인사를 빼먹지 않는 바른 인사성, 친구들에게 무시와 따돌림을 당해도 원망이나 분노보다 여유와 아량으로 품어 녹이고 금방 다시 사이좋게 놀 줄 아는 너그러움, 엄마의 성급함과 짜증도 가만히 받아주고 오히려 자기에게 화를 내고 있는 나를 찬찬히 돌아보게 하는 영혼의 거울 같은 재윤이.

내 품의 아이였지만 나를 사랑으로 가르치고 이끄는 선생 또는 갈 길을 비추는 등대 같은 존재라는 생각을 지울 수 없었다. 재윤이의 장애를 함께 안고 사는 건 늘 힘이 들었지만 이따금 철든 청년이나 득도한 어른과 같은 말과 행동을 할 때면 오히려 재윤이에게 표현하기 힘든 위로와 힘을 받는 기분이었다. 누구보다 나를 힘들게 하지만 아무나 가질 수 없는 넓은 아량으로 조급한 나를 일깨우는 존재. 세상살이에 얽매여 허겁지겁 사는 내가 품고 감당하기에 재윤이는 너무 큰 그릇이었다.

긴 투병으로 2년 넘게 걷지 못했던 재윤이 발은 갓난아기처럼 보드라웠으나 틀어진 척추와 불완전한 다리 때문에 똑바로 걸을 수도 없었던 오른발에는 오래전부터 티눈이 세 군데나 깊이 박혀 있었다. 신경 쓸 곳이 많아 매일 약을 발라주지도 못했는데 병상에서도 여전했던 티눈이 5월 어느 날 보니 깨끗이 사라지고 없었다. 티눈은 수술로도 흔적 없이 빼내기 어려운 고질병인 데다 세 개의 티눈이 한꺼번에 없어진 게 가능한 일일까 싶어 내 눈을 의심하지 않을 수 없었다. 의학계에 유례 없는 일이 아니냐며 놀라워하는 나를 보며 웃는 것도 힘들어 입술만 달싹이던 재윤이는 누구도 설명할 수 없는 놀라운 일이 어떻게 제 몸에서 일어났는지 알고 있었을까.

보고도 믿을 수 없는 일은 더 이상 깊어지지 않은 등과 엉덩이의 욕창에서도 나타나 멍든 것처럼 푸른 흔적만 살짝 남긴 채 보드라운 살결로 덮여 있었다. 겉으로 보이는 재윤이의 몸은 어떤 상처나 흠도 없이 깨끗하고 온전했다. 얕고도 가쁜 숨을 힘겹게 내쉬면서 점차 사멸하여 생명을 위협하는 지경으로 악화되는 몸속 운동신경 세포나 근육과 달리 외모는 전보다 더 단정하고 말끔해졌다. 야윈 몸과 창백한 얼굴은 돌이킬 수 없을 만큼 깊어가는 병증을 말해 주었지만 구석구석 말끔해지는 겉모습은 기이한 느낌의 호기심을 불러일으켰다.

이런 치유의 기적이 나와 재윤이의 삶과 운명 안에서 일어난다면 얼마나 좋을까. 지금까지 재윤이를 둘러싸고 일어났던 믿기 힘든 보호와 기적이 이런 불치병으로 마무리되기 위한 것이었던가. 시작과 끝, 원인과 결과도 알 수 없는 재윤이의 기적 같은 삶과 죽음을 둘러싼 크고 작은 이적이 나와 우리에게 무엇을 알려 주는 것일까.

아무리 생각해봐도 재윤이의 존재와 삶은 알다가도 모를 일, 보고도 믿지 못할 '기사이적'이다.

안
녕
내
사
랑

마지막 3일

2017년 6월 9일 금요일

생리도 끝나고 이틀 전 전신 목욕으로 머리부터 발끝까지 온몸이 개운해진 재윤이의 컨디션은 며칠 전보다 더 좋아 보였다. 밥의 양은 반으로 줄었어도 며칠 전 심한 사레로 음식을 넘기기 힘겨워했던 것에 비하면 잘 먹고 기침도 훨씬 줄어 표정까지 밝아졌다. 하루아침에 병세가 역전될 리는 없지만 그런 재윤이를 보니 마음이 한결 마음이 놓였다.

재윤이의 점심식사를 준비해두고 간병 도우미분께 재윤이가 조금이라도 이상 증세를 보이면 바로 연락해 달라 신신당부를 하고는 집을 나섰다. 우체국과 은행에 들러 밀린 일을 처리하고 수퍼에 가서 간병에 필요한 물건들과 찬거리를 사가지고 돌아오니 오후 4시가 조금 지나 있었다.

그 사이 별다른 이상 증세가 없었던 재윤이는 핏기 없는 얼굴에 미소를 담아 엄마의 귀가를 반겼다. 언제나 엄마의 손길을 기다리는 재윤이는 간병의 스킨십을 전보다 더 즐기는 것 같았다. 들어오나 나가나 해야 할 일이 산더미라 몸과 마음이 바쁜 내게 곁에 와서 볼을 비벼 달라거나 옆에 같이 누워 있자고 요구할 때면 슬며시 짜증이 나기도 했다. 이따금 용변 처리를 위해 패드를 갈고 몸을 닦아줄 때마다 불편하고 민망해할까봐 부러 농담을 하거나 장난을 치곤 했는데 재윤이는 살갗에 닿는 엄마의 감촉과 재미난 놀이 같은 그 시간을 아기처럼 기다리고 즐겼다. 엄마만 옆에 있으면 세상 부러울 게 없는 사람처럼 나를 바라보는 따스한 눈길을 거두지 않는다. 일편단심 나만 바라보는 재윤이에게는 내 몸이 열 개라도 모자랄 지경이었다.

재윤이의 저녁밥을 차리는 늦은 오후 남편이 퇴근했다. 재윤이의 상태가 위태로워 보여 종일 일손이 잡히지 않아 일을 빨리 끝내고 귀가를 서두른 모양이었다. 아빠의 도움으로 재윤이가 밥을 먹는 동안 나는 다시 식구들의 저녁 식사를 준비했다. 밥맛을 잃은지 오래였지만 재윤이를 살리기 위해 억지로라도 밥을 먹어야 했다. 때마침 동생 채림이도 막 학교에서 돌아왔다. 모처럼 함께 저녁밥을 먹게 되어 밥상을 차리는 손길이 더 바빠졌다.

이른 저녁 네 식구가 한자리에 모두 모인 조금 낯선 금요일이었다.

남편은 재윤이의 식사를 도와준 후 이동식 변기에 재윤이를 앉혀 놓고 방에서 나왔고 세 식구의 저녁상을 차리던 내가 뒷처리를 해주러 잠시 후 방에 들어갔다. 용변을 보고 기대 앉아 있어야 할 재윤이는 백짓장 같은 얼굴을 하고 옆으로 쓰러져 숨넘어가는 소리를 내고 있었다. 너무 놀라 재윤이를 흔들면서 계속 소리쳐 부르자 남편과 채림이가 달려왔고 당황한 우리는 떨리는 손으로 재윤이를 침대에 옮기고 나서 엠부백으로 호흡을 도왔다. 재윤이는 핏기 없는 얼굴로 숨을 헐떡이며 정신을 차리지 못했다. 남편이 119에 전화를 하는 동안 사색이 된 채림이는 언니 곁에서 안절부절못했다.

재윤이를 눕혀 엠부백으로 호흡을 돕는 그 순간이 길게만 느껴졌던 나는 이렇게 숨을 못 쉬다 영영 눈을 감는 게 아닐까 싶어 온몸이 부들부들 떨렸다. 예비하고 준비했던 상황이었지만 막상 닥치고 보니 머릿속이 하얘져 아무런 생각도 나지 않았다. 재윤이를 이렇게 보낼 수는 없었다.

요란한 사이렌 소리와 함께 119 구급대원들이 다급한 발소리를 내며 구급용 침대를 밀고 들어왔다. 정신을 잃고 가쁜 숨을 헐떡이는 재윤이의 상태를 세심히 살피면서 산소마스크를 장착하더니 전후 상황을 꼼꼼히 묻고 체크하고는 곧바로 응급실로 향했다.

혼수상태의 재윤이와 나를 태운 구급차가 금요일 퇴근길 복잡한 도로를 물살 가르듯 지나는 동안 놀란 흥분으로 방망이질하는 내 심장박동을 사이렌이 대신하고 있었다. 당황한 남편과 혼비백산한 채림이는 자동차로 바쁜 구급차를 뒤따랐다. 주말을 앞둔 퇴근길 오후 6시가 조금 넘은 무렵이었다.

산소마스크로 인해 조금씩 호흡이 안정되어 가던 재윤이는 응급실에서 상태를 정확히 파악하기 위한 서너 가지 검사를 더 해야 했다. 기계의 도움으로라도 편히 숨을 쉴 수 있게 되어 한시름을 놓았지만 아직 의식을 되찾지 못한 재윤이 곁에서 나도 제정신이 아니었다.

긴박하고 위급했던 상황을 대변하듯 재윤이의 입가와 얼굴에는 핏자국이 남아 있었고 혼수상태로 누워 있는 모습은 이미 산 사람이 아닌 것만 같았다. 응급실에는 출입증을 받은 보호자 한 명만 출입할 수 있어 남편과 번갈아가며 재윤이 곁을 지켰다.

저녁이 지나자 재윤이가 조금씩 안정과 의식을 되찾아 겨우 한숨을 돌릴 수 있었고 그때까지도 얼이 빠져 있던 채림이를 먼저 집으로 보냈다. 일단 한 고비는 넘긴 것 같았다. 황망히 보낼 수 없는 가족들의 마음을 재윤이가 알았나 보았다.

혼잡하고 긴박했던 응급실에서 생사의 기로에 있던 재윤이는 안정을 되찾고도 꼭 필요한 몇 가지 검사들을 받느라 몇 시간 더 머물러야 했다. 저마다의 절박한 사연과 생사가 오가는 찰나의 긴장이 첨예한 응급실은 한 생명이라도 살리려는 처절한 몸부림의 현장이었다. 늦게까지 검사와 진료를 다 마친 후 입원 여부를 고민하던 우리는 자정이 다 될 무렵 퇴원 수속을 하고 한 묶음의 약을 챙겨 상태가 호전된 재윤이를 데리고 겨우 응급실을 빠져나왔다. 응급실 출입문 바로 앞에 차를 대고 조금 전 산소마스크를 뗀 재윤이를 옮겨 태우려는 순간 재윤이는 호흡이 가빠지더니 정신을 잃고 다시 혼수상태가 되었다. 산소마스크가 없으면 자가 호흡이 더는 불가능하게 된 것이었다. 우리는 재윤이를 살려낸 응급실로 곧장 되돌아가야 했다. 긴장을 풀려는 순간 다시 심장이 벌렁거렸다. 어쩌면 재윤이는 영영 집으로 돌아가지 못할지 모른다는 생각으로 소름이 끼쳤다.

2017년 6월 10일 토요일

생명줄이 되어버린 산소마스크를 하게 된 재윤이는 산소 공급으로 호흡이 편안해지자 비몽사몽하다가 금세 잠이 들었다. 두 번 생사의 고비를 넘기고 밤을 맞게 된 우리는 내일을 위해 교대로 재윤이를 지키기로 했다. 남편을 재윤이 곁에 두고 나는 채림이 혼자 떨고 있을 집으로 달려갔다.

동생 채림이는 깜깜한 집에 넋이 나간 얼굴로 우두커니 앉아 있었다. 엄마의 귀가를 반기는 얼굴엔 핏기가 없었고 차리다 만 저녁상은 엊저녁의 위기를 고스란히 보여주고 있었다. 도저히 입이 떨어질 것 같지 않았지만 채림이에게 지금 우리 가족이 맞게 된 전후의 상황을 설명해 줄 때가 된 것 같았다. 말로 하기조차 싫었어도 더는 미룰 수가 없었다.

채림이는 언니의 병이 루게릭이라는 것과 악화일로였던 투병생활이 현대 의학으로는 고치기 어려운 불치병이기 때문이었다는 것을 이날 처음 들었다. 그리고 지금 언니는 돌이키기 어려운 죽음 앞에 있다는 사실까지 받아들여야 했다.

채림이도 나처럼 가슴을 찌르고 심장을 도려내는 심정이 되어 얼굴을 감쌌다.

언니가 병으로 죽을 수 있다는 걸 한 번도 생각해 본 적이 없는 채림이는 온 몸을 떨며 흐느꼈다. 언니 없이 내가 어떻게 사느냐고 몸부림치며 절규했다. 채림이를 안고 있는 나도 심장이 방망이질하듯 쿵쾅거렸고 속이 뜨겁게 타들어 가는데도 온 몸이 떨려왔다.

이별을 준비해 왔던 나도 언니와의 사별은 상상해본 적 없던 채림이도 떨리는 몸과 속을 후벼파는 듯한 고통스러운 마음을 주체할 수 없었다. 하염없이 흐르는 눈물을 닦지도 못한 채 우리는 떨리는 몸을 끌어안고 무너져 내리는 가슴을 힘겹게 보듬었다. 허공에 붕 뜬 느낌, 꿈을 꾸는 것 같았다.

쉴 틈도 없이 남편에게서 채림이와 빨리 병원으로 오라는 다급한 연락이 왔다. 재윤이 상태가 위급해져 이 밤을 넘기기 어려울 것 같다고 했다. 눈물을 닦을 새도 없이 우리는 서둘러 응급실로 향했다.

생사의 기로에 선 응급실 안 재윤이에게는 가족 모두의 면회가 허용되었다. 혼수상태가 되어 숨을 헐떡이는 걸로 보아 산소호흡기가 더 이상 아무 도움이 되지 않는 모양이었다. 담당의사의 말처럼 정말로 이 밤을 넘기기 어려울 것만 같았다.

생각과 상상으로만 준비해 왔던 일이 바로 눈앞에서 벌어지고 있었지만 도무지 실감이 나지 않았다. 재윤이가 정말 이렇게 떠나버리면 어쩌나 싶어 흥분을 가라앉힐 수가 없었다. 심장이 오그라지는 느낌이었다.

아무 정신이 없는 와중에 사람은 숨이 끊어지는 마지막 순간에도 귀가 열려 있어 옆에서 하는 이야기를 다 들을 수 있다는 말이 생각났다. 할 수 있는 게 아무것도 없는 그 상황에서 우리가 해야 할 일은 마지막 인사뿐이었다. 알아듣건 말건 재윤이의 귀에 우리의 사랑을 담아두고픈 심정으로 서로 하고 싶은 말을 두서없이 쏟아냈다.

미안하고 또 미안하다고, 다시는 아프지 말고 편안히 쉬라고, 우리 꼭 다시 만나자고, 우리가 함께 했던 그 시간을 절대 잊지 않겠다고, 사랑한다고, 건강하게 낳아주지 못해 미안하고 고생만 시켜서 미안하다고, 고통 없는 곳에서 편히 쉬라고, 부디 잘 가라고, 그동안 우리 곁에 있어 줘서 고마웠다고, 내 딸로 태어나 주어 고마웠다고, 영원히 사랑한다고…….

우리는 느끼고 생각나는 대로 두서없이 재윤이에게 마지막 인사를 했다. 뜨거운 가슴에서 쏟아져 나온 말들은 떨리는 입술에서 터져 나와 재윤이의 작은 귀를 가득 채워 적셨다.

회복이 더딘 병상의 언니에게 하루아침에 마지막 인사를 하게 될 줄 꿈에도 몰랐던 채림이는 날벼락 같은 상황을 속절없이 받아들인 채 언니를 꼭 끌어안고 복받치는 서러움으로 하염없이 흐느꼈다.

가족들에게 통한의 눈물과 이별의 인사를 받으며 의식을 잃고 누워있던 재윤이는 새벽 3시가 넘을 무렵부터 다시 호흡이 안정되어 갔다. 곁에서 생사의 고비를 함께 한 우리들은 다시 가수면 상태가 된 재윤이를 함께 지켰다.

하룻밤 새 세 번이나 생사의 고비를 넘기고 나니 긴장이 풀려 온몸이 엿가락처럼 녹아내리는 것 같았다. 잠에서 깨면 언제 그랬냐는 듯 엄마를 부르며 어제처럼 웃어 줄 거라 상상하며 지친 몸을 벽에 기댔다.

뜬눈으로 밤을 지새운 우리는 아침이 되자 정신을 차려 잠에서 깬 재윤이를 만날 수 있었다. 재윤이는 어젯밤 천국과 지옥을 오간 위급했던 상황과 우리가 정신없이 했던 마지막 인사를 조금도 기억하지 못했다. 다만 심한 갈증과 함께 응급실의 딱딱한 매트가 주는 몸의 고통에 미간을 찌푸릴 뿐이었다. 들리락 말락한 소리로 컵에 물을 가득 담아 1/10씩 입에 넣어 달라는 디테일한 요구까지 하는 걸 보니 정신을 차린 것도 같았다. 지독한 갈증과 허기에도 물만 겨우 한두 방울 넘기고는 더이상 아무것도 먹지 못했다. 뼈만 앙상해진 마른 등과 엉치의 고통을 덜어주기 위해 딱딱한 매트 위에 푹신한 담요를 여러 겹 깔고 몸의 여기저기를 계속 마사지해 주었다. 조금이라도 몸의 고통을 덜어주며 체온을 나누는 것 말고는 달리 할 일이 없었다. 삶의 끝자락, 죽음의 관문 앞에서는 속이 닳아 문드러지는 엄마라도 함께 설 수 없다는 사실만이 절망스러울 뿐이었다.

그러는 사이 젊은 응급실 담당의사가 찾아와서는 마치 당연하다는 듯이 호흡기 장착 시술과 연명 치료를 위한 입원 절차를 설명했다. 영혼 없는 설명이 끝나는 대로 서류에 사인을 하면 재윤이는 값비싼 기계를 몸에 장착한 채 정지된 모습으로 우리 앞에 살아 있을 것이다. 우리는 이미 연명 치료에 대한 확고한 입장을 가지고 있었지만 산소마스크만으로도 죽을 고비를 넘기고 우리 앞에 살아 숨 쉬고 있는 재윤이를 보면서 마음이 조금씩 흔들렸다.

그러나 바로 이 순간이 재윤이의 기약 없는 연명과 누구를 위한 것인지 모를 치료에 가족 모두의 삶을 걸어야 하는 중대한 선택의 기로임을 생각하지 않을 수 없었다. 재윤이를 잃지 않고 이렇게라도 함께 살 수 있다면 얼마나 좋을까. 그렇지만 산소마스크가 아닌 인공호흡기를 장착하는 것은 전혀 다른 문제였다. 어떤 말이나 의미 있는 행동도 더는 불가능한 상태로 몸에 장착한 기계의 고통을 참아가며 최소한의 본능으로 연명한다는 의미였다. 꼼짝없이 제자리에 누워 식물처럼만 존재하는 재윤이를 사람다운 삶을 사는 생명이라고 할 수는 없었다.

내가 대신 죽고만 싶은 심정으로 재윤이의 연명 치료를 거부하겠다는 뜻을 어렵게 전했다. 눈앞에서 다 죽어가는 자식의 연명 치료를 거부하는 부모를 도무지 이해할 수 없다는 표정의 젊은 의사가 무슨 말을 하려는지 알고도 남았다. 하지만 기계에 의존하는 인위적 생명 연장을 주변의 시선을 의식한 체면치레용 부모다움으로 바꾸고 싶지는 않았다. 타인의 시선이나 남들의 구설보다 재윤이가 불필요한 시술로 인해 고통받지 않고 이생의 마지막을 편안하고 자연스럽게 맞도록 도와주는 일이 우리에게는 더 중요했다. 상대에게 어떤 해를 끼치지 않아도 우리의 의지와 뜻대로 사는 것은 흔들리지 않는 중심과 용기가 필요한 일이었다.

졸지에 비정한 부모가 된 우리는 응급실 담당 과장에게 안내되어 재윤이의 병과 그간의 투병 과정 그리고 연명 치료에 대한 우리의 입장을 간곡히 설명해야 했다. 다행히 노련한 응급실 과장님은 숱한 임상 경험으로 불치병과 죽음의 문턱에 이른 환자와 부모의 심정을 십분 이해하고 수긍해 주었다. 그는 재윤이와 보호자인 부모의 입장과 의지를 재차 확인하고 나서 연명 치료를 위한 호흡기 장착 대신 산소마스크를 통해 조금씩 높였던 산소

수치를 더 이상 높이지 않을 거라고 말했다. 그리고는 딸과의 마지막 시간이 될 우리의 처지를 고려하여 다른 가족들과도 차분히 임종을 맞을 수 있도록 공간까지 배려해 주었다.

　재윤이가 존엄과 품위를 잃지 않고 생을 마무리하게 될 마지막 퍼즐은 이렇게 완성되어 갔다. 삶과 죽음을 바라보는 저마다의 가치관과 신념이 다르듯 우리는 우리가 오랫동안 고민하고 결정했던 재윤이와 우리의 선택을 주저하지 않았다. 신념을 지키고 의지를 확인하여 실행에 옮기는 것이 재윤이의 생사를 결정하는 일이라는 걸 자각하는 그 순간 무언가 안에서부터 차례로 허물어지는 느낌이었다.

　이러한 결정과 상황을 채림이에게도 알리고 우리는 함께 재윤이의 편안한 마지막을 위해 흥분을 가라앉히고 차분하게 긍정의 힘을 모으기로 했다. 경황 없었던 새벽녘과 달리 슬픔을 다독여 조금 더 침착해진 우리는 재윤이와 마지막 작별인사를 나눴다.

　신경안정제를 맞고 난 재윤이는 큰 고통 없는 얕은 호흡을 가늘게 이어갔다. 의식을 잃어가는 재윤이는 우리의 길고도 애끓는 작별 인사에 짧은 외마디 소리로만 간간이 대꾸해 주었다.

　25년 우리가 함께 나눈 동고동락, 희노애락의 짧고도 긴 시간이 이런 찰나로 끝이 난다는 사실에 가슴이 미어졌다. 이 순간이 지나면 재윤이와 어떤 말도 나눌 수 없다는 것이 믿기지 않았다. 말이 되지 못한 말, 나눌 수 없는 마음은 눈물이 되어 하염없이 흘렀고 이별의 슬픔을 아는지 모르는지 재윤이는 가쁜 숨만 내쉬고 있었다.

연락을 받고 달려온 일가친척들은 번갈아가며 재윤이 곁에서 이생의 마지막 인사를 나눴다. 모두 한 마음으로 재윤이가 고통 없이 편안한 안식에 들 수 있기만을 간구했다.

재윤이와 작별을 고하는 초여름의 토요일 햇살 따가운 오후는 잔인하게 눈부셨다. 오후 네 시가 넘어서자 재윤이는 완전히 의식을 잃었다. 보드라운 살결과 따스한 체온만이 살아있음을 전해 줄 뿐이었다. 숨은 끊기듯 이어졌고 혼수상태에서도 엄마의 목소리에 간간이 외마디로 반응하던 재윤이는 마침내 완전한 무의식 상태가 되었다. 친척들이 모두 돌아가고 난 자정 무렵 재윤이는 다시 일반 응급실 아늑한 끝자리로 옮겨졌다.

서로의 체온은 따스했으나 이별을 앞둔 아프고 저린 마음들은 초여름 새벽처럼 초조하고 서늘했다.

2017년 6월 11일 일요일

밤새 일정 간격의 얕은 호흡이 지속되었고 재윤이의 심장박동 모니터 그래프는 몇 시간째 같은 패턴을 보였다. 이런 상태가 얼마나 지속될지 아무도 알 수 없었다.

이틀 밤과 낮을 꼬박 새느라 피곤에 지친 남편과 충격 속에서도 침착함을 잃지 않고 내내 언니의 병상을 지킨 채림이는 동틀 무렵 짧은 휴식을 위해 집으로 갔다.

나는 죄인이 된 심정으로 재윤이 곁에서 하늘을 향해 머리를 조아렸다. 몸의 일이 다 끝나가는 재윤이가 고통 없이 편안히 잠들기를 기원했다. 내 죄를 보지 마시고 재윤이의 맑고 선한 영혼을 어여삐 여겨 평안히 데려가시라고. 이 땅에서 내가 해 주지 못한 사랑 하늘낙원에서 다 받게 해 달라고. 상함이나 해함 없는 그곳에서 완전한 기쁨과 평안을 누리게 해 주시라고. 의인의 부활 영광의 그날까지 말씀의 길에서 이기고 승리하는 자 되게 해 달라고…….

혼수상태의 재윤이는 밤새 끊이지 않는 내 기도에 턱까지 차오른 가는 숨소리로 화답해 주었다. 끊기듯 이어지는 재윤이의 가쁜 호흡과 속삭이듯 나직한 내 기도소리는 응급실의 정적을 타고 흘렀다.

나는 여전히 따뜻하고 보드라운 재윤이의 온몸을 하염없이 어루만졌다. 재윤이의 힘없는 작은 손을 눈물로 얼룩진 내 얼굴에 갖다 댔다. '네가 엄마를 항상 지켜줄 거라고 입버릇처럼 말하더니, 이 부족하고 못난 엄마를 혼자 남겨 두고 왜 이리 서둘러 가려 하니……' 재윤이의 하얗고 보드라운 손이 흐느끼는 나를 부드럽게 어루만져 주는 것만 같았다. 정지된 화면처럼 서로를 살갗의 온기로만 보듬으며 흐느끼는 아침을 맞았다.

아침 8시 무렵 심정지와 함께 갑자기 화면의 그래프가 긴 소리를 내며 진동을 멈췄다. 나는 급히 간호사를 불렀고 채림이와 남편에게 다급히 전화를 걸었다.

잠시 후 담당의사가 와서 호흡과 상태를 살피는 동안 재윤이는 마지막 호흡을 길게 두 번 더 몰아쉬었다. 엄마의 기도소리를 자장가 삼은 재윤이는 부랴부랴 달려 온 아빠와 동생의 마지막 작별 인사를 받으며 편안한 얼굴로 다시는 깨지 않을 길고 긴 잠에 들었다.

눈물의 바다 위를 표류할 가족들을 남기고 다시는 돌아오지 못할 머나먼 길로 영영 우리 곁을 떠나갔다.

일요일 아침, 주님의 날이었다.

새, 훌쩍 날다

'지루한 찰나'가 안단테로 흐른 일주일. 가끔 드라마나 영화에서 보았던 클라이막스처럼, 일시에 모든 것이 정지되었다가 정적 속에서 아주 천천히 움직이는, 슬로우 비디오 같았습니다.

언젠가 '그날', '그 순간'이 올 거라 예상하며 흔들리면 안 된다고 수백 번 다짐을 했어도 홀연히 닥친 재윤이와의 생사의 이별 앞에서 의연해지기란 쉬운 일이 아니더군요. 이별은 찬 머리의 예행 연습이 아니라 따스한 가슴이 맞아야 하는 오늘과 내일의 찡하고 저린 오랜 아픔이니까요.

어쩌면 다가올 현실에 대한 두려움과 고통을 가늠하기 어려웠던 3년 전, 재윤이가 루게릭이라는 난치성 희귀병 확진을 받고 두려움과 분노에 온몸이 떨리던 그날이 임박한 이별의 예고편이었는지 모릅니다.

자기의 병명도 모른 채 오래지 않아 나을 거라는 긍정과 낙관으로 천형과도 같은 끔찍한 고통의 시간을 꿋꿋이 견뎌내던 재윤이가 오히려 힘겨워하는 저를 지켜주었습니다. 꼼짝도 할 수 없는 몸으로 짜증 한 번 내지 않고 환한 미소로 엄마를 위로하던 재윤이는, 내 몸과 마음이 지치고 힘들다고 미워하기엔 '너무나 예쁜 당신'이었습니다.

세상과 사람에 대한 호기심과 애정이 넘쳐 불편한 몸으로도 도움이 필요한 일에 물불 안 가리고 앞장섰던 휴머니스트,

불완전한 손으로 비즈 공예 교사 자격증까지 취득하고 멋진 악세사리도 척척 만들어 선물하던 집념의 아티스트,

비장애인도 어려운 자전거 전국 일주를 마치고 말벅지를 자랑하며 대한민국 1%의 성취를 이룬 성공의 레전드,

어떤 일에서나 웃음과 재미를 찾아내어 함께 삶의 여유를 즐길 줄 알았던 웃음 바이러스,

누구의 하소연이나 이야기에도 가만히 귀 기울여 듣고 고개를 끄덕여 주던 공감 마마,

나이, 국적, 성性 불문, 누구와도 금방 친구가 되는 글로벌 프렌즈, 친구 메이커,

자신의 쾌유를 조금도 의심하지 않고 병상에 누워서도 미래

의 소망과 계획을 꼼꼼히 체크하던 초 긍정 수퍼 울트라 희망 둥이,

휠체어 열공 투혼으로 다음 학기 전액 장학금을 확보해 두고 예능 PD의 꿈을 품은 채 병상에서도 예능 방송 모니터링을 꾸준히 해 오던 불타는 청춘,

한 번도 배우거나 다뤄본 적 없는 기계나 컴퓨터를 마치 전문가처럼 다룰 줄 알았던 선천적 공대 언니,

가족들의 기념일이라면 빠짐없이 챙기고 깜짝 이벤트로 즐거움을 선사해 주던 믿음직한 맏딸,

일면식도 없는 이웃의 억울하고 가슴 아픈 사연에도 가슴 깊이 공감하고 충분히 돕지 못하는 자신의 처지를 안타까워하던 왕 울보,

누워서라도 주일 예배를 드리고 싶어 했던 갸륵한 성도,

부모님 부담을 덜어주겠다고 빠듯한 용돈을 쪼개 몰래 주택마련 적금을 붓던 재테크의 대가, 효녀 유劉청.

엄마인 제 눈엔 늘 뭔가 부족하고 엉성하게만 보이던 재윤이가 이렇게 보석 같은 딸, 성숙하고 지혜롭고 완전한 사람이었다는 걸 이제야 재윤이의 빈자리에서 알게 되었습니다. 완전한 천상의 지혜를 지니고 불완전한 몸으로 태어나 짧은 생을 부대끼

다 끝내는 움직일 수 없는 몸으로 병상에 누운 재윤이 눈에 허점 투성이 부실하기 짝이 없는 미성숙한 이 엄마가 어떻게 비쳤을까 생각하니 못내 부끄럽기만 합니다.

더 나아질 수 없는 병, 좋아질 수 없는 몸으로 맞이하는 재윤이의 하루하루는 바로 '오늘'이 가장 건강한 축복의 시간이어서 단 한 순간도 허투루 쓸 수가 없었습니다. 우리는 병상에서도 늘 재미난 이야기를 나누거나 함께 TV를 보았고 어릴 적 추억을 떠올리며 깔깔대거나 시시껄렁한 농담을 주고받으며 아무 때나 키득거렸습니다. 거룩한 찬송과 기도, 성경 읽기조차 힘 뺀 가벼움과 웃음으로 재윤이의 코드에 맞춰 재미나게 하곤 했지요. 다행히 재윤이는 곁에서 푼수같이 웃겨주며 실없이 아재개그를 날리는 엄마와의 매일 매 순간을 기다리고 즐기면서 한없이 행복해했습니다.

또 촛불집회가 이어지던 주말마다 유튜브를 통해 탄핵과 정권 교체라는 엄중한 역사의 파노라마, 그 드라마틱한 반전의 교훈을 함께 느끼고 가슴에 새겼습니다.

아이러니하게도 저는 병상의 재윤이 곁에서 그의 온 존재를 진심으로 이해하게 되었고 현재를 넘어 전생과 미래, 꿈과 희망까지 온전히 감싸 안게 되었습니다. 천근만근, 저와 재윤이가 겪었던 육체적 고통의 시간이야말로 25년을 통틀어 재윤이와 보낸 눈물 나게 행복했던 시간이었음을 고백하지 않을 수 없습니다. 부자유한 몸으로 병상에 누워서야 세상의 무시와 편견으로부터 자유로워진 재윤이는 살아있다는 사실만으로 모든 사람들의 사랑을 한 몸에 받게 되었습니다. 그토록 바라왔던 온전한 그 사랑을…….

빈방을 서성이다 보니 새처럼 훌쩍 날아간 재윤이의 자리에 아직 깃털 같은 온기가 남아 있습니다. 내 가슴에 미소로만 새겨진 재윤이가 이제 그만 울고 자기처럼 웃어보라 따뜻한 말을 건네는 것 같습니다. 재윤이가 생전에 가족과 이웃들에게 보여준 몸에 밴 배려, 인내, 열정, 포용, 웃음, 용기, 관심, 사랑. 이렇게 따스하고 아름다운 가치들이 내 삶에 녹아들기 위해서는 재윤이처럼 밝은 미소를 지어야 하겠지요. 미소야말로 전제와 이유를 달지 않고 상대방을 존중하는 가장 쉽고도 어려운 사랑의 표현이니까요.

힘들고 어려웠던 시간 동안 곁에서 함께 나누어 주신 크고 작은 위로와 사랑, 끊임없는 관심과 격려 그리고 갚지 못할 만큼의 크나큰 도움에 깊이 감사드립니다. 우리가 받았던 그 사랑이 다시 위로와 도움이 필요한 누군가에게 물처럼 바람처럼 흐르게 되기를 소망합니다. 재윤이 표 사랑의 도미노가 사람들에게 웃음과 온기를 준다면 낙원에서 안식하는 재윤이가 하얀 하늘 미소로 화답해 줄 것만 같습니다.

사람들로 북적이는 흥겹고 소란한 곳을 좋아했던 재윤이는 제 가는 길을 축복하고 배웅하러 와 주신 많은 분들 ─ 친구, 선생님, 일가친척, 동생 친구, 학부모, 이웃, 교회 성도님들 ─ 을 보며 활짝 웃었을 게 틀림없습니다.

사진 속 하늘 미소처럼.

재윤이의 마지막 가는 길이 외롭지 않게 마음을 모은 기도와 찬송으로 끝까지 동행해 주신 따뜻한 마음과 귀한 사랑의 발걸음 또한 오래오래 기억하겠습니다.

감사합니다.

재윤이의 장례식에 함께 해 주신 분들께 올린 감사의 편지

사랑이 떠나가네

네가 떠난 지 49일째. 몸을 떠난 혼이 살아생전 익숙했던 장소와 사람들 곁을 서성이다 49일째에야 비로소 떠난다는 말을 이렇게 실감하게 될 줄이야.

정신없이 장례식을 치르고 나서도 준비된 낯선 이별을 어떻게 받아들여야 할지 몰라 엄마는 일 없이 혼자 집안 여기저기를 서성이거나 알 수 없는 감정에 사로잡혀 멍해지기 일쑤였지. 꿈과 현실이 수시로 뒤바뀌는 듯 몽롱하고 비현실적인 느낌은 좀처럼 경험하지 못했던 것이라 쉽게 적응이 안 되더구나. 열 달 동안 뱃속에서 함께 한 너를 막 낳자마자 느꼈던 추위와 오싹한 느낌처럼 너를 떠나보낸 후 알 수 없는 한여름 한기에 몸이 떨렸다.

아무도 없는 한낮의 빈집, 모든 것이 다 사라진 것만 같은 공간에 홀로 남은 나는 어디에도 마음을 둘 수가 없었지. 낯선 곳에 내동댕이쳐진 기분, 사막에 홀로 선 느낌이었어. 내 손 좀 잡아달라고 거기서 누구를 부를 수 있겠니. 제 일상의 평화가 깨어질까봐, 내 슬픔이 전염될까봐 두려운 사람들은 나를 외면하고 있더구나. 외로움도 고난도 슬픔도 절대 나눠 갖지 않겠다고 곁을 내어 주지 않는 사람들에게 날 좀 봐 달라고 애걸복걸할 수는 없었지.

그리고 가슴 깊이에서 솟아나 끊임없이 나를 괴롭히는 답도 없는 질문들, 너는 왜, 나는 왜, 우리는 왜.

꿈과 환상 중 수시로 나타나 내 눈을 의심케 했던 너는 주로 환한 미소를 지으며 창밖에서 나를 바라보거나 살이 닿을 만큼 가까운 곁에 누워 편안한 숨소리를 내었지. 짧은 꿈, 찰나의 환영이 못내 아쉬워 엄마는 일부러 잠을 청하거나 눈을 비벼 다시 쳐다보곤 했단다. 벽에 걸린 네 사진보다 방금 본 그 모습이 더 생생했으니까. 문을 열면 "엄마——!" 하며 웃음 띤 얼굴로 나를 바라볼 것만 같은 네 방 앞에서 하릴없이 머뭇거리는 버릇도 새로 생겼지. 혼자 슬픔을 삭이는 방식은 엄마에겐 아주 오래고 익숙한 일상이란다. 외로움은 내 운명이자 숙명이니까.

병상에서도 끝까지 손에서 놓지 않던 네 분신과도 같은 핸드폰은 세상을 향해 열린 너만의 유일한 창이었지. 그 창을 통해 너는 친구들과 친척들의 소식과 집 밖의 세상에서 일어나는 크고 작은 일들을 보고 들으며 끊임없이 살아 숨쉬는 세상과 변화의 물결을 함께 타고 있었잖니. 좋아하는 연예인이나 친구, 친척들의 SNS에 좋아요를 누르거나 사촌 조카들의 사진을 보고 즐거워하면서 손바닥 위 작은 창 너머로 세상에 대한 관심과 연대의 끈을 놓지 않았었지. 그 지루하고 혹독한 병상의 시간을 견디게 해 준 폰의 기록은 네가 무엇에 관심이 있는 어떤 사람이며 무엇을 희망하고 꿈꾸는지 고스란히 보여주는 생생한 기록이자 기억창고이기도 하지. 너를 기억하고 낱낱한 추억을 저장하기 위해 네 폰을 정리하던 날, 본의 아니게 일기장과 다름없는 마음의 비밀까지 꼼꼼히 들여다봤던 것에 마음이 상했는지 그날 채림이의 꿈에서는 네가 몹시 화난 표정으로 거실을 이리저리 서성거렸다고 했어. 미처 몰랐던 너를 세세히 기억하고 추억하려고 내밀한 사생활과 감추었던 속마음까지 무심결에 헤집은 우리의 무례함을 반성하며 네가 예쁘게 나온 사진만 몇 장 더 추리고는 폰을 덮고 말았단다. 이별을 실감할 수 없는 건 너도 마찬가지였는지 미처 정리하지 못한 관계와 떨치지 못한 미련으로 여전히 우리의 주변을 맴돌고 있었나 보구나.

네가 두고 떠난 손때 묻은 유품을 정리하는 일은 엄마의 눈물로 일렁이는 시간 여행이었단다. 쓰다 만 화장품, 아끼던 옷들, 새로 산 노트, 읽다 덮어 둔 책과 열지도 못한 선물들……. 물건 하나하나에 스민 네 이야기와 이리저리 얽힌 우리의 추억들은 이따금 짜증나고 불쾌했던 그날의 감정까지 아스라한 온기가 되더구나. 충만했던 기쁨과 사랑까지 가슴 쓰리고 아픈 추억일 수 있다는 것과 살아 있음의 다른 말은 희망이자 가능성 그리고 사랑이라는 것도 너의 부재가 알려준 깨우침이었지.

너를 기억하기 위해 오래오래 간직해 둘 것과 네 체취를 느끼기 위해 곁에 두고 써야 될 물건들을 나누면서 주인을 잃고 방황하는 것들을 보듬어 주는 마음으로 손끝에 온기를 실었지만 너를 대신하는 내 손이 이토록 밉고 싫은 적이 없었어. 손은 이럴 때 쓰라고 있는 게 아닐 거야. 멋지고 값비싼 남의 것보다 허름해도 손 때 묻은 내 것과 내 집이 편한 것처럼 낯설고 주름진 내 손이 익숙하고 따스한 주인의 손길만 하겠니.

너와 함께여서 한 번도 느낄 수 없었던 한낮의 길고 긴 적막은 깊이를 알 수 없는 회한과 애도의 심연으로 가는 나의 벗, 길잡이가 되었지. 입 밖으로 낼 수 없는 마음과 말이 구멍난 심장의 비트와 함께 시도 되고 노래도 되고 통곡도 되고 때때로 비극의 주인공을 위한 배경화면이나 음악이 될 수도 있다는 게 놀랍기도 하구나. 집안 곳곳을 헤매며 알아듣기 힘든 혼잣말을 중얼대는 내 모습을 보고 제정신이 아니라고 비난해도 반박할 수 없지만 낮 놓고 기역 자도 모르는 세상이 내 마음과 말을 헤아리고 이해할 수 있으리라 기대도 하지 않으니까.

사람은 언제 어디서건 낯선 경험을 통해 전혀 새로운 세상과 만나 한층 더 넓고 깊어지는 모양이야. 이런 깨달음이 꼭 이런 장송곡 같은 절대 고독의 시간으로 주어지지 않아도 좋았을 텐데. 오랜 간병이 힘에 겨워 단 하루만이라도 아무도 없는 빈집에서 온종일 혼자 쉴 수 있으면 좋겠다고 했던 불과 몇 달 전의 푸념이 다시 이렇게 내 현실이 되고 보니 인생이 참 허무할 뿐이다. 얼마 전까지 너를 돌보며 느꼈던 수천 수만의 생각과 몸과 마음의 고통은 연기처럼 바람처럼 흔적도 없이 사라지고 흘려 뱉은 말의 현실 속에 있는 나는 또 다른 슬픔과 그리움 속에서 헤어나질 못하고 있구나. 이 또한 지나가리라 누구나 쉽게 말하지만 시간이 해결해 줄 수 없어 지나가지 못할 절대 아픔과 시간 따라 커가는 그리움도 있다는 걸 이제는 알 것 같다. 적어도 자식을 가슴에 묻은 부모에게는.

세상의 형식과 절차대로 장례식을 치렀지만 우리는 피차 떠나거나 보내지 못한 채 생과 사, 만남과 이별의 경계에서 서로의 곁을 아직 서성이고 있는가 보다. 끈끈한 이생의 인연을 정리하느라 종잡을 수 없는 몸과 마음을 애써 붙들면서 더는 돌아올 수 없는 강을 건너려는 너와 떠나는 너를 미련 없이 잘 보내주고 싶었던 우리의 49일은 영겁과 찰나가 교차했던 또 다른 차원의 시간과 공간이었던 게 분명하구나.

덥고 화창한 한여름 땡볕 때문에 네가 덮고 누운 잔디가 말라 죽을까봐 주말마다 물을 주러 다니면서 엄마가 아껴 먹던 한약을 섞어 뿌려주기도 했어. 손보지 않아 잡초가 무성한 봉분 앞 사시사철 시들지 않는 색깔 고운 조화보다 가족의 마음과 정성으로 깔끔하게 단장하여 파릇해진 잔디가 생전의 활기찬 네 모습과 더 어울려 부지런히 살피고 돌보아 주고 싶었지. 네가 잠들어 누운 그곳이 푸른 생기로 피어나길 바라는 엄마의 마음이 그렇단다.

가짜일 수 없는 진짜, 죽은 자가 아닌 산 자가 누워 쉬는 안식의 자리는 생전의 네 모습처럼 시들지 않는 젊음과 활기로 넘쳐야 하니까.

여름의 절정 7월의 화창한 주말. 49일째를 맞는 이별이 이런 느낌으로 다가올 줄은 정말 몰랐어. 네가 떠난 후 때때로 허전한 나를 감싸주던 촉촉하고 따스한 기운이 아무 미련 없이 훅 떠나가는 것 같은 서늘하고 싸했던 그 순간의 느낌은 도무지 잊을 수가 없구나. 난생처음 경험하는 서먹하고 낯선 이별의 감정, 살아서는 영영 가 닿지 못할 멀고도 아득한 너와 나의 거리감 때문에 눈물이 눈물을 닦아주던 긴 하루였지.

그 어떤 말과 소리, 한숨과 탄식에 너를 보낸 엄마의 저리고 시린 마음을 담을 수 있을까. 사랑하는 내 딸 재윤이, 귀하고 고운 내 아가야, 힘들고 고달팠던 이생의 기억을 우리와 함께했던 예쁜 추억과 감사와 사랑으로 버무려 하얀 무지개의 미소와 함께 품고 하늘 낙원에서 편안히 쉬려무나.

우리 다시 만날 때까지…

사망신고

미룰 수 없는 일, 지체해선 안 될 일은 떠난 자가 아니라 남아있는 뭇 사람들을 위해 필요한 것이었다. 재윤이가 받았던 복지 혜택을 다른 장애인들이 불편 없이 받으려면 해지를 미룰 수 없어 먼저 남편과 함께 사망신고를 하러 나섰다. 사망신고를 마쳐야 복지해지나 기타 다른 혜택의 해지가 순차적으로 처리 될 것이기 때문이었다.

이 땅에서 25년을 살았던 재윤이의 흔적은 생각보다 쉽고도 빠르게 마감 처리되었다. 복지 혜택을 받기 위해 어렵사리 발품을 팔며 오랜 시간 몸고생, 마음고생까지 했던 것에 비하면 해지나 말소는 그야말로 초특급 광속 서비스였다. 애걸복걸해서 받아낸 것을 뺏다시피 가져가는 느낌, 무례하고 폭력적인 기분이었다.

애써 담담한 표정으로 담당자와 실무적인 대화를 주고받으며 가슴 속에서부터 차오르는 눈물을 참기 위해 입술을 깨물기는 남편도 마찬가지였다. 감정이 개입될 수 없는 행정 처리는 마치 우리가 해서는 안 될 일을 하는 것처럼 한없이 낯설고 부끄러웠다.

장애인 주차카드도 반납하고 중증 장애인에게 주어진 혜택이었던 전기세와 통신료 인하도 해지했다. 온종일 병상에 누워무료한 시간을 견디게 해 준 TV와 핸드폰은 재윤이의 생필품이었기 때문에 세금 인하는 절실한 혜택이었다. 또 은행에 가서 재윤이가 만들어 놓은 청약통장과 장애인 지급통장도 함께 정리, 해지했다. 본인이 직접 하지 않아도 되는 이유는 사망신고서 한장이면 충분했다.

두 해 전 재윤이 명의 여러 개의 통장을 두어 개로만 합쳐 정리하려고 했을 때 꼭 본인이 와서 해야만 한다는 예외 없는 원칙 때문에 거동이 불편한 재윤이를 휠체어에 태워 은행에 데리고 갔던 힘겨웠던 일을 생각하면 그 일처리의 신속함이 새삼 놀라울 따름이었다. 투명하고 정직한 은행 시스템은 중증 환자라도 기어이 불러내고야 마는 막강한 힘이 있는 것 같았다. 가족관계를 증명하는 서류는 불가피한 경우라도 무용지물이었다. 약자를 보호하고 배려하는 일은 금융실명제 앞에선 관심조차 둘수 없는 무가치한 것처럼 보였다. 떠들썩한 혜택은 주는 데 인색하고 받아 챙기는 데는 일사천리, 말이 필요 없었다. 새삼스러울 것 없는 인간사가 다시 노여워졌다.

지인들과 장례식을 통해 작별인사를 치뤘다면 이제 재윤이는 서류상의 기록으로 세상과 완전히 작별을 고한 셈이었다. 더는 이 땅의 사람이 아니라고, 다시는 국민으로 언급될 수 없는 사람이라고 누구도 부정할 수 없는 증거로 살아온 자취를 마감하고 살았던 흔적만을 남겼다.

차근차근 재윤이를 지우는 일이 이처럼 마음이 부대끼는 일인 줄 몰랐다. 온종일 무슨 정신으로 사람들을 만나 해지 사유를 설명하고 일을 처리하며 돌아다녔는지 기억도 나지 않는 하루가 파김치가 된 몸으로 저물어갔다. 마음과 정념을 빼고나면 별 것도 아닌 일, 너무나 간단하고도 쉬운 일로 우리의 고단한 심신이 녹아내리고 있었다. 우리의 지난 시간이 화석이 된 느낌이었다. 세상에서 사라지는 재윤이의 자취와 흔적은 이제 내 마음과 가슴에서 더 깊이 각인되고 생생하게 보존되어야 할 무형의 자산이 될 것이다.

장례를 치르느라 정신이 없어 미처 연락이 닿지 않은 지인들에게 따로 연락을 하는 일도 빼뜨릴 수 없었다. 얼마 전 장례를 계획하고 준비할 때부터 장례예배만 마치고 바로 다음 날 발인을 하기로 했던 건 얼굴도 모르는 많은 사람들의 형식적 인사치

레보다 재윤이와 우리 가족을 잘 아는 사람들의 진심어린 애도가 더 의미 있다고 생각했기 때문이었다. 또 자식을 먼저 보낸 부모로서 세상에 부음을 내는 것이 한없이 부끄러웠다. 면목과 염치는 순리와 상식 위에서만 제 몫을 하는 도리인 것 같았다. 그 어떤 말로도 스스로를 변명할 수 없는 우리는 다만 자식을 먼저 보낸 죄인일 뿐이었다.

뒤늦게 소식을 듣고 부랴부랴 달려와 가장 애통한 심정으로 우리 가족을 깊이 위로해 주었던 분은 오랜 시간 재윤이 곁에서 병상을 지켜주던 간병 도우미 분들이었다. 가장 힘들고 어려웠던 시간을 함께했던 사람들. 아는 만큼 보이고 함께 한 시간만큼 들었던 정으로 잠든 재윤이를 진심으로 애도하며 눈물로 우리를 위로하였다.

이별을 기정사실로 만드는 사망신고는 사별의 마지막 못질이자 장례식 못지않은 몹시도 고통스러운 절차, 이별의 신고辛苦였다.

탄생과 죽음을 아우르는 한 생명의 삶은 기대와 환호에서 시작하여 애통과 슬픔으로 막을 내린다. 생과 사의 틈, 아직 끝나지 않은 나의 이야기는 돌이킬 수 없는 이별을 거쳐 어떻게 이어질 수 있을까.

그 후로도 오랫동안

너를 보내고 덩그러니 남은 우리는 충분한 애도는커녕 곧장 동생 채림이의 입시에 올인하느라 여념이 없었지. 채림이의 고등학교 입학은 네 간병에 정신이 팔려 반쪽짜리 축하로 시작되었고 학교생활과 친구 관계가 어떻게 되어가는지 한 귀로 흘려들으며 채림이가 소외감과 서러움을 느낄만큼 엄마와 형식적이고 성근 관계를 힘겹게 이어간 것 같다. 사경을 헤매는 너와 고3 수험생이 된 채림이가 겹친 올해는 시작부터 우리 가족 모두에게 절정의 고난을 예고하고 있었는지 몰라. 다가올 대입 스트레스와 학업의 고단함을 위로하고 지원해 줘야 할 엄마가 병상의 너만큼 세심하게 채림이를 돌볼 수 없었던 건 안타깝지만 어쩔 수 없는 일이었지. 다행히 올 초 2년 가까운 지방 근무를 마치고 돌아온 아빠가 채림이를 꼼꼼하게 챙겨주어 얼마나 다행스러웠는지. 너와의 이별을 오랫동안 준비해 온 아빠나 엄마와 달리 언니와의 갑작스런 이별에 누구보다 충격이 컸을 채림이가 슬픔의

고통을 이겨내며 고3 수험생의 일과와 스케줄을 소화하느라 몸과 마음이 몇 배는 힘겨웠을 거야. 무슨 정신으로 학교에 가 수업을 하고 입학 원서를 쓰면서 면접을 치렀는지 엄마도 잘 모르겠다. 위로는커녕 주변의 몰이해로 겹겹의 상처를 받았던 채림이는 보이지 않는 하늘 위로 부서진 마음을 곧추 세우면서 그 힘든 시간을 혼자 견디었겠지. 어려서부터 언니의 수술과 간병 때문에 엄마의 뒷모습만 바라보며 주변을 서성이던 꼬맹이 채림이를 생각하면 다시 마음이 저려온다. 그 외로움과 소외감을 너무나 잘 알고 있는 엄마가 같은 상처를 주고만 셈이지. 최선을 다하고도 가족 중 누구 한 사람 충분히 행복하거나 만족스럽지 않았다면 그게 불완전한 엄마 때문인지 세상 모든 인생들의 나약함 때문인지 잘 모르겠구나. 모두가 완성된 존재처럼 뻐기며 살아가는 근엄한 어른들의 세상에서 허점투성이 엄마는 뒤를 돌아볼 때마다 신중했던 선택과 날 선 긴장의 순간까지 후회로 남는 일이 더 많지.

너를 보내고 온 가족이 어떻게 입시에 매달렸는지 기억조차 나지 않는다. 언제나 동생에게 장난감과 자리를 양보해 주었던 어린 시절처럼 채림이의 입시에 필요한 관심과 사랑의 시간을 주기 위해 서둘러 떠난 건 아니었니. 온 가족의 간절함과 절박함으로 함께 입시를 치르고 원하는 대학에 무난히 진학하게 된 것은 다만 세 사람의 노력이었다고만 할 수 없구나. 선택과 집중, 마음의 중심을 잃지 않은 채림이와 이별의 슬픔과 고통을 치유의 은혜로 채워주신 하나님의 사랑이 아니었다면 감히 이루기 어려운 성취였겠지.

네가 곁에 있었다면 그런 동생을 얼마나 대견해하며 함께 기뻐했을까. 우리는 합격을 빙자하여 날을 잡아 한바탕의 축하 이벤트를 했을 것이고 너희 둘은 한 침대에 누워 밤늦도록 조잘대었겠지. 성취의 기쁨을 함께 나눌 네가 없다는 건 우리가 더 이상 어떤 기쁨도 예전처럼 만끽할 수 없게 되었음을 의미하는 것이더구나. 허전하고 빈 가슴으로는 기쁨도 즐거움도 한껏 누릴 수가 없단다. 네가 없는 세상에서 경험하는 크고 작은 희노애락은 전에는 느껴보지 못한 다른 차원의 감정이구나. 울먹이는 웃음, 즐겁지 않은 기쁨 같이 설명할 수 없는 이상하고 낯선 느낌이야.

때로는 무엇이 기쁨이고 무엇이 슬픔인지조차 알기 어려운 감정들이 뒤섞여 다시 먹먹해지기도 하는데 언제부턴가 그런 우울한 감정이 우리의 일상이 되어 있음을 알게 되었어. 앞만 보고 달리느라 돌보지 못한 상실의 아픔과 고인 슬픔이 서로의 마음 깊은 곳에 본성처럼 자리하고 있더구나. 느끼고 알면서도 해결하지 못하는 상처난 마음 때문에 채림이를 상담치료실로 이끌었던 거야.

누구도 채울 수 없는 너의 빈자리를 유학이나 여행 같은 잠시의 긴 이별이라 생각하려 해보지만 억지로 만든 상상은 잠시도 현실이 되지 못하고 돌이킬 수 없는 빈자리로 금방 되돌아오게 되지. 익숙했던 넷의 사각형을 셋의 삼각형으로 전환하기가 쉬운 일은 아니더구나. 오래고 당연한 조화와 균형이 깨져 어딘지 불편하고 불안정한 느낌이랄까. 세상에는 없는 넷 같은 셋, 사각형 같은 삼각형을 만들어내는 데는 오랜 시간이 걸릴 것 같구나.

힘겨운 병으로 고생하던 너를 떠나보낸 우리를 마치 번거로운 일을 끝낸 홀가분해진 사람으로 여기는 사람들 속에서 나 역시 마음 둘 곳을 찾지 못했단다. 투병과 간병의 3년 그리고 장례식을 전후 하여 미처 알지 못했던 사람들의 속마음과 의심 없이 이어 온 관계의 깊이를 더 많이 느끼고 경험하고 생각해보게 되었어. 생전에도 그랬지만 떠나가면서까지 그동안 잊고 있었거나 알지 못했던 것을 가르쳐 주고 간 네 덕에 가까운 사람들의 미소 뒤에 숨은 오랜 갈등과 일상이 된 소외의 실체를 확실히 알게 되었단다. 여행을 함께 가봐야 친구의 본성을 알 수 있고 위기에 처해봐야 사람들의 진면목을 알 수 있다는 말을 질리도록 실감했지. 미처 몰랐던 사랑과 설마 했던 무관심에 깜짝 놀라기도 하고 모르는 사이 뿌리가 깊어진 상처가 도저 아리기도 했지만 누구도 내 일을 나만큼 이해하고 공감할 수 없다는 애초의 생각으로 돌아오고 나니 새삼스러울 것 없는 외로움과 오랜 아픔을 담담하게 볼 수 있게 되었어. 사랑에 논리가 어디 있으며 무관심에 어떤 이유가 있겠니. 구걸하고 달란다고 그제서야 꺼내줄 수 있는 건 사랑이 아닐 거야. 자발적 마음의 온기가 깃들지 않은 것을 누가 사랑이라 할 수 있을까.

그 입장이 되어 봐야 안다는 말은 겪어보지 않으면 잘 모른다는 말이기도 하지. 이따금 상대의 입장을 이해하려는 최소한의 헤아림이나 배려 없이 자기 생각과 감정만 전하려는 사람들로 인해 어처구니없는 마음의 상처를 입기도 했단다. 사람들이 몰래 감춰놓은 지극한 자기애가 언제 어떻게 드러나는지와 슬픔에 처한 사람에 대한 위로와 공감이 보통의 상식이나 예의가 아니라 아무나 갖기 어려운 고차원의 능력이라는 것도 알게 되었지.

어떤 상황에서도 상대방의 입장과 처지를 먼저 생각하느라 배려와 양보가 몸에 배었던 네가 새록새록 그리워지는 건 어쩔 수가 없구나. 언제나 상대의 마음과 그가 처한 상황과 소망을 먼저 궁금해하고 그 이야기에 귀 기울이며 진심으로 호응해주는 너 같은 사람은 좀처럼 만나기 어려운 세상인 것 같아. 자식 잃은 슬픔에 빠진 내게조차 쉴 새 없이 자신의 슬픔과 고민, 취미와 즐거움까지 털어 놓고 싶어하는 사람들이 훨씬 더 많다는 사실에 내가 더 부끄럽고 민망하더구나. 생각은 자기에게만 있는 양 내게 슬픔까지 가르치고 훈계하려 드는 사람들을 보면 그만 입을 다물게 되지. 사람들은 듣고 싶은 것만 걸러 듣고 자기 말만 하고 싶어 한다는 것을 너의 부재가 다시 가르쳐 주었어. 병상에서도 엄마의 이야기와 이런저런 푸념까지 잠자코 들어주며 공감의 맞장구를 쳐주던 너로 인해 힘든 것 못지않게 큰 위로가 되었다는 걸 뒤늦게 깨닫게 된 셈이란다.

어디 웃음만 좋은 것이고 눈물은 그렇지 않은 것이겠니? 사람의 감정 표현에 좋고 나쁜 게 어디 있냐며 네가 생각나고 그리울 때 감추지 말고 마음껏 드러내어 표현하자고 했던 엄마가 가족 중 누구보다 자주 그리고 많이 네 이야기를 하고 있단다. 너무 자주 네 이야기를 해서 때로는 바로 곁에 있는 채림이를 서운하게 할 정도니 엄마도 참 주책이지. 과묵한 아빠나 언니와의 이별이 아직도 믿기지 않는 채림이의 마음은 무슨 색, 어떤 모양일까.

이심전심으로 우리는 서로의 입장에서 너를 그리워하고 만날 수 없는 슬픔을 공유하고 있지만 어떤 상황과 지점에서 너를 어떻게 그리워하고 애도하는지 표현하지 않으면 공감할 수가 없구나. 서로를 배려하느라 아닌 척, 괜찮은 척하면서도 말로는 할 수 없는 슬픔을 어쩌지 못해 혼자 아파하고 남몰래 흐느끼고 있는지 모르겠어. 하긴 네 얘기를 자주 하는 엄마도 네 말을 할 때보다 훨씬 더 자주 혼자 울고 있으니. 너를 울보라고 놀려대던 엄마도 이제 너처럼 울보가 되었나봐. 어쩌면 우리는 같은 듯 서로 다른 슬픔에 젖어 서로를 위로할 여유조차 없는 모양이야. 슬픔을 너무 모르거나 아픔을 너무 잘 알아서 서로에게 다가서지 못하고 위로해 줄 수 없는 우리들은 어떻게 해야 마음을 나눌 수 있는 걸까. 너에겐 그리도 쉬운 일이 우리에겐 이렇게 어려운 일인가 보다.

의도하지 않아도 엄마는 무엇을 보거나 듣거나 맛보거나 만질 때 언제든 네 생각을 하게 된다. 네가 좋아하거나 싫어했던, 관심 있거나 질색했던 그 모든 것 하나하나를 기억하고 추억하고 그리워하지. 있을 때 잘하라는 말에 반론이 있겠냐만 사람은 최선을 다하고도 돌아서서 뉘우치거나 둘 중 하나를 선택하고도 가지 않은 다른 길을 엿보며 후회를 멈추지 않는 존재인 것 같기도 하구나. 그래서 엄마는 네가 건강했을 때 우리가 경험했던 갈등과 상처까지 보다 나은 내일을 위한 의미 있던 일이었노라 되새기고 있어. 그렇게라도 하지 않으면 후회와 안타까움으로 끝없이 나를 할퀴게 될 것 같아서 말이야.

잠시도 너를 잊지 못하는 엄마가 이상한 걸까. 25년간 너와 치열하게 부대끼고 사느라 남들보다 몇 배 많은 고생의 경험과 숱한 추억으로 이야기가 넘쳐나는 엄마는 혼자 있어도 지루할 틈이 없구나. 그런데도 왜 이리 항상 허전하고 늘 공허한 걸까.

외출할 때마다 네가 정성들여 만든 비즈 공예품 목걸이나 반지를 잊지 않는 건 그렇게라도 너와 동행하고 싶은 엄마의 마음일 거야. 또 호기심 많은 네가 그토록 보고 만나고 경험하고 싶어했던 세상을 나를 통해서라도 보여주고 싶어서지. 부자유한 손으로 애쓰고 공들여 만든 소품과 작은 구슬 하나하나를 꿰는 집중으로 숨죽여 이루어 낸 예술품에 어찌 네 혼이 깃들어 있지 않겠니. 몇 캐럿 다이아가 부럽지 않은, 세상에 단 하나뿐인 재윤이표 비즈 공예작품을 몸에 걸칠 수 있는 영광은 아무나 누리는 게 아니잖아.

내 삶과 경험 속에 이렇게라도 함께하는 네가 있다는 게 늘 든든하면서도 문득 닿지 못할 먼 곳으로 떠나버린 네가 그리워 언제나 가슴 깊은 곳이 찌를 듯 아프구나. 결코 짝이 될 수 없는 서로 다른 두 마음은 이미 내 안에서 내가 되어 있는 모양이다.

비현실적으로 느리거나 감당치 못할 만큼 빠른 시간의 널뛰는 간극을 무시로 경험하는 엄마의 하루하루가, 의미있게 살아가는 것이 아니라 꾸역꾸역 살아내는 것만 같은 축축하고 눅눅한 날이구나.

스물여섯 번째 생일

오늘은 주인공 없이 맞는 이 집에서의 처음이자 마지막 네 생일이구나.

작년 이맘때 더 핼쑥해진 얼굴로 힘겹게 웃음 짓던 너는 혼자서 케이크의 작은 촛불도 끄지 못해 넷이 함께 불어 껐었지. 그날 우리는 너를 가운데 두고 둘러서서 생일 축하 노래를 부르고 준비해 둔 선물을 안겨 주었더랬어. 주인공이 되는 게 얼마나 즐거운 것인지는 네 환한 얼굴이 말해 주었지만 울음을 삼키며 웃어야 했던 엄마의 속은 까맣게 타들어 갔단다. 아파 누운 언니의 병색이 날로 심해지는 걸 힘들어했던 채림이에게 언니와 함께할 시간이 얼마 남지 않았다고 사실대로 말해 주었다면 네 생일에 남긴 마지막 가족사진 속 동생은 어떤 표정이었을까……

손과 발에 장애를 안고 태어난 새처럼 작았던 너는 엄마와 온 가족들을 충격에 빠뜨리며 존재감을 과시했지만 장애로 인한 고

되고 호된 일상은 주로 너와 나의 것이었지. 숫자의 나이만으로 어른이나 엄마의 자격을 갖추지 못했던 내가 남들보다 몇 배의 사랑과 보호를 필요로 하는 너를 감당하기 어려웠던 건 어쩌면 당연한 일이었는지 모르겠어.

너는 나의 이름, 나는 너의 또 다른 자아인 것 같은 우리들은 서로 다른 겉모양에 같은 갈망과 상처와 소망을 지닌 다르고도 같은 사람들일거야. 너를 위해 쏟아왔던 땀과 눈물이 어쩌면 나를 향한 것이었는지 모를 시간들이야 말로 너를 통해서 온전히 나를 내어주는 사랑이 무엇인지 차근차근 배웠던 시간이었나 보다. 너를 나라고 생각하면서 내가 원하고 갈망하던 사랑을 주었더라면 너와 함께 살아가는 일이 애초부터 어렵지 않았을 거야. 겉모양과 성격과 표현은 서로 다르지만 이해받고 존중받고 사랑받고 싶은 마음이 누구라고 다를 수 있겠니. 어쩌면 자식은 내 안에 숨겨진 본능과 미처 알지 못하는 약점을 건드려 나를 꾸준히 성장시키는 축복의 선물이자 일생의 동반자라 해야 할지 모르겠구나. 마음 속 깊은 어둠을 비추어 미처 알지 못했던 큰 사랑을 가르치러 왔던 너, 세상에 둘도 없는 그 사랑을 다시 그리워하는 오늘은 시간을 되돌려 촘촘한 추억을 길어 올리는 날이구나.

이 집으로 이사오던 날 노란 간접 조명을 켜면 낮에도 아늑하고 포근한 느낌이 들어 잠자기 딱 좋다던 네 말이 씨가 되어 정말로 아주 오래 방에 누워만 있던 너는 마지막 생일도 침상에 누워서 맞았었지. 우여곡절 끝에 걸음마를 시작한 이후 한 번도 세상의 고운 시선을 받아 보지 못하고 네가 다시는 일어나지 못할 병상에 누워서야 충만한 사랑의 느낌으로 편안한 미소를 지을 수 있었다는 사실이 다시 슬프게 되살아나는구나.

정상과 비정상, 장애와 비장애가 어디 있으며 그런 구분은 누가 누구를 위해 해 놓은 것일까. 하나됨을 지향하지 않는 분류, 평등을 꿈꾸지 않는 구별은 서로를 배척하고 소외시키는 결과만 가져올 뿐인데. 존재만으로 사랑받고 존중받을 사람을 골라내기 위해 성별과 장애 여부, 능력과 외모로 편 가르고 추린다면 거기에 꼭 맞는 사람이 몇이나 될까. 세상이 가르고 추려 내어버린 것들을 온 몸에 받아안은 세상에 하나뿐인 너는 헛되고 부질없는 내 자아를 부숴내야 비로소 온 마음으로 수용하고 사랑할 수 있었던 귀하고 소중한 보물이었단다. 사랑과 행복은 값비싼 이벤트나 선물의 크기에 있지 않다는 걸 우리는 서로 알고 있었잖니. 그날 우리가 함께 나눈 따뜻한 눈빛과 웃음은 누군가 만들어놓은 세상의 잣대로 값을 매길 수 없는 천상의 것이 아니었을까.

네가 떠난 후 일 년이란 시간 동안 많은 것들이 바뀌었어도 이렇게 우리가 함께한 시간들은 엄마의 기억 속에 어제인 듯 생생하게 되살아나는구나.

작년 생일 네 품에 안겨 있던 작은 곰돌이 인형을 들고 잠든 네 곁, 봄기운 움트려는 자리에 앉아 저 멀리 아득한 허공을 바라본다. 아무것도 없지만 너무도 많은 우리의 이야기가 떠오르는 허공의 고요는 엄마의 마음 속에서 짐짓 소란하구나. 더는 갈 곳 없는 마지막 자리에서 기억하는 처음은 쨍한 봄 햇살이 부끄럽게도 왜 이리 시리고 먹먹한 걸까. 지울 수 없는 이름으로 남은 너는 매일 내 안에서 태어나듯 소환되고 살아있듯 동행하는 외로운 나의 동반자이자 주고받을 수 없어 더 허전한 마음의 위로자가 되어 있단다.

이별의 애가가 된 탄생의 찬가, 흐느끼는 가슴의 구슬픈 멜로디. 다시는 함께 부르지 못할 네 생일 노래를 이제는 잠들어 누운 네 곁에서 자장가 삼아 가만히 불러본다.

Happy birthday to you.

| 26번째 생일

이사 가던 날

해가 바뀌자마자 몰려왔다. 그리움이 쓰나미처럼, 서러움이 눈덩이처럼. 숫자가 바뀌고 새해가 되었다고 특별히 달라진 건 아무것도 없었지만 예상치 못했던 허전함과 먹먹함과 시리고 저린 가슴으로 정초부터 싱숭생숭, 안절부절못했다. 작년까지만 해도 함께 있던 재윤이가 내 곁을 영영 떠나가고 없다는 현실을 이제야 온몸 세포 하나하나가 실감하고 있었다.

죽음과 이별, 헤어짐과 단절의 매서운 바람이 가슴속, 뼈마디마다 파고들었다.

눈물 어린 공간에서 맴도는 일상의 그리움을 도저히 감당할 수 없었다. 웃음 밴 장소에서 떠도는 매일의 슬픔을 더는 참아내기 어려웠다. 지나온 삶과 시간의 터 위에 남은, 어쩌지 못한 삶을 다시 살아내려면 떠난 이의 체취가 남은 허전한 빈자리 대신 아늑하고 따뜻한 위로 같은 보금자리가 필요하다고 생각했다.

살림의 군더더기를 홀홀 털고 뼈대와 엑기스로만 살겠다는 다짐으로 준비하는 이사는 과거의 쓰라린 아픔과 고통스러운 슬픔까지 갈무리해야 하는 시간이었다. 크고 작은 많은 물건들에는 당시의 기쁨과 즐거움, 각자가 부여한 의미와 가치들이 배어 있지만 희망과 의미가 사라져 무용지물이 된 것들을 더는 붙잡고 싶지 않았다. 물건 하나 하나에 깃든 희노애락과 인생의 변화와 무상함을 생각하다 탄식과 눈물과 한숨을 반복하였다.

생각과 달리 치우고 비워야 할 군더더기는 어느새 소중한 보물이 되기도 하였고 귀하고 보배로웠던 애장품은 불필요한 물건이 되어 관심 밖으로 밀려나기도 하였다. 재윤이와의 이별이 가져오는 일상의 변화는 겉과 속, 생각과 마음 그리고 과거와 미래를 근본부터 뒤집는 삶의 재편집 과정이었다.

주변과 환경을 바꾸고 정리하려는 바쁜 마음과 달리 지난 추억과 감정 그리고 이야기를 추려 비우고 덜어내는 일은 생각보다 느리고 굼떴다. 사진 한 장, 물건 하나에 깃든 체취와 흔적은 예상보다 깊고 진했으며 새록새록 떠오르는 추억은 아직도 내게 많은 말을 하고 있었다.

재윤이가 읽었던 책의 여백과 쓰다 만 노트에 끄적거린 짧은 메모들에는 자신을 받아주지 않는 세상에 대한 답답함과 아쉬움, 짝사랑에 가슴앓이 하는 사춘기 소녀의 설렘, 엄마의 따스한 품과 사랑에 갈급한 작고 외로운 아이의 서러움까지 고스란히 남아 있었다. 존재 자체만으로 사랑받지 못하는 자신과 자기처럼 온전히 사랑을 주지 않는 세상에 대한 원망과 안타까움이 행간을 메웠다. 엄마인 내가 채워주었더라면 드러나지 않았을 분노와 원망들. 짧은 메모 안에 켜켜이 새겨진 재윤이의 상처난 마음이 내 가슴을 찌르고 있었다.

탄생과 존재만으로 사랑받을 수 없었던 기다리지 않은 '딸', 여자라서 받았던 일상의 무시와 홀대가 아직도 치유되지 않은 상처로 남아 나도 모르는 사이 재윤이에게 같고도 다른 모양의 아픔으로 대물림하고 있었다는 사실에 몸이 떨렸다. 재윤이를 외로움의 절벽으로 내몬 사람들의 맨 앞에 같거나 더 큰 상처에 신음하며 사랑을 갈구하는 내가 있었는지 모른다.

자식의 몸에 장애가 있다는 엄마의 책임감으로 언제나 바쁘고 분주하기만 했던 내 사랑에도 재윤이를 온전히 감싸 안고 무조건 곁을 내어주는 '엄마의 품'이 없었다. 나 또한 그 사랑을 충분히 받지 못해 아직도 알 수 없는, 따스하고 넉넉한 '엄마'와 언제나 내 편이 되어주고 힘들 때 달려가 안겨 울 수 있는 '엄마의 품'을 재윤이 역시 똑같이 갈망하고 있었다. 성차별과 편견의 피해자인 나는 두 얼굴의 야누스처럼 또 다른 가해자가 되어, 선악

의 경계를 수시로 넘나드는 지킬 박사와 하이드의 삶을 살아왔
던 셈이었다.

마지막 3년, 희망 없는 자리에서 서로 보듬어 안을 수밖에
없었던 나와 재윤이의 지독한 사랑이 서로의 그 오랜 외로움을
얼마나 어루만져 주었을까.

알고 보면 우주도 인생도 처음부터 끝까지 하나의 사랑으로
만 움직이는 질서가 아닐까. 느끼고 알고 행하고 나누고 내어주
고 이해하고 수용하는 '사랑' 안에서만 사람과 삶과 우주는 조화
롭고 질서있게 진행되고 완성되는 것 같다.

내 안의 상처와 가시처럼 뾰족하고 채워지지 않는 빈틈이 재
윤이에게 충족되지 못했던 엄마의 넉넉한 곁과 품, 조건 없는 사
랑의 갈증이었다는 사실을 내 곁을 영영 떠나버린 재윤이가 다
시 알려주었다. 채워지지 못한 사랑이 내어주지 못하는 사랑으
로 대물림되는 외로움의 연쇄 고리. 우리가 누군가를 사랑하는
이유만큼 사랑하지 못하는 이유도 어쩌면 모두 '사랑' 때문일 것
이다. 방향과 위치에 따라 누군가에게는 미움과 원망도 생겨날
수 있는 그 사랑 때문에 행복과 불행은 천국과 지옥으로 갈린다.
알고 보면 사람과 삶을 쥐고 흔드는 변치 않는 화두는 여전히
'사랑'이라는 걸 아무도 부정할 수 없을 것 같다.

하루 종일 볕이 드는 작고 아늑한 새집은 푸른 하늘, 싱그러운 초록 풍경과 재윤이가 만들어 놓은 다양한 수공예품으로 구석구석 꾸며졌다. 재윤이의 집념으로 완성된 천 피스 퍼즐, 고흐의 〈론강의 별밤〉도 재윤이를 아끼듯 정성껏 뒤를 손보고 붙인 내 손끝에서 멋진 작품으로 재탄생되었다. 거실 한편에서 밤낮없이 빛나는 고흐의 밤은 재윤이의 숨결이 깃든 별과 함께 더욱 밝게 빛난다. 또 재윤이가 공들여 만든 물고기 모양의 비즈 작품들은 투명 어항 속에서 시간을 거슬러 노닌다. 집안 곳곳을 센스 있게 빛내주는 재윤이의 작품은 거기에 깃든 혼과 열정으로 텅 빈 집안을 숨 쉬게 하는 생기가 되고 있다.

재윤이의 불완전한 손은 세상에 없던 것을 새롭게 만들어내 사람들에게 할 수 있다는 가능성과 창작 의지를 일으키고 보는 이에게 긍정의 미소를 불러낸다. 남들보다 몇 배의 집중과 정성을 들여 만든 세상에 하나뿐인 명품 중의 명품, 혼이 깃든 희귀템. 엉성하고 볼품없는 마이다스의 손에서 우리의 집은 품격 있게 재탄생되었다.

새집 거실의 주인공이 된 환한 미소의 그림 속 재윤이는 주황색 생기와 열정으로 언제든 가족들과 오래고 깊은 대화를 나누면서 아지트가 된 아늑한 집 따뜻한 거실에서 언제나 우리를 반겨준다.

가족을 잃은 허전한 그리움이 동행의 즐거움이 될 새집에서
우리는 더 깊고 풍성한 오늘과 내일을 살아갈 수 있을까.

이사移徙를 계기로 이사異思의 이상理想을 꿈꾸는 이상한 날이다.

| 재윤이의 초상화

첫 번째 기일

깔깔한 사시사철, 길고도 짧은 시간
따가운 햇살 서늘한 바람처럼
안식의 가장자리 서성이는 그림자.

생로병사의 블랙홀
낮고 무거운 고요의 사이사이
뜨겁게 흐르는 한숨과 탄식.

지금은 알 수 없는 너와 나의 의미와
순서 없이 오고 가는 생과 사의 엇갈림
주고받아 기억되고 나눠 가져 추억되는
우리들의 사랑, 살아있는 이야기.

사랑을 떠나보낸

절망의 절규,

사랑을 추억하는

침묵의 함성.

헤매 돌아 다시 선

익숙하고 낯선, 가깝고도 먼.

못다 한 이야기

한숨

하루에도 몇 번씩
나도 모르게 한숨을 쉰다.

어쩌다 남몰래 쉬던 그 한숨을
아무 때나 습관처럼
맥락 없이 눈치 없이.

말로 할 수 없어 한숨을 쉬고
말이 하기 싫어 한숨을 쉰다.
하고 싶은 말 대신 한숨을 쉬고
하기 싫은 말 때문에 한숨을 쉰다.

사무치는 먹먹함에 한숨을 쉬고
허전하고 쓸쓸해서 한숨을 쉰다.

그것 말고 할 게 없어 한숨을 쉬고
밀린 일이 차고 넘쳐 한숨을 쉰다.

웃다가도 한숨 쉬고 울다가도 한숨 쉬고.
장을 보다 한숨 쉬고 먹다 말고 한숨 쉬고.
자다 깨서 한숨 쉬고 일어나서 한숨 쉬고.

일상이 된 엄마의 한숨은
네가 떠난 텅 빈 가슴 빈자리에 들어온

너의 숨, 너의 결.

너의 이름은

너의 이름은
찡한 코끝으로 온다.
쓰린 가슴으로 온다.

따뜻하게 스미다
찌르듯 아픈
촉촉한 눈가로 온다.

어디서도 받지 못할 위로와
누구라도 알지 못한 사랑으로
고요하게 다가와
가슴을 울리는 향기.

네가 아니면 채울 수 없는

텅 빈 자리에
우두커니 홀로 앉아
나직이 불러보는
대답 없는 그 이름.

삼세번

　재윤이가 세상에 태어나기 전과 후, 재윤이가 루게릭으로 병상에 눕기 전과 후, 그리고 재윤이가 영원히 잠들기 전과 후. 세 번의 고비를 전후로 내 생각과 가치관, 기대와 소망은 전과 다른 의미와 차원으로 전환과 변화를 겪었다. 이전에 가지고 있던 낡은 사고나 기존 가치로는 때마다 나를 흔들어대는 운명을 감당할 수 없었다. 매번 새롭게 닥치는 사건들은 머리에서 가슴, 손과 발로 구체화되는 현실 속에서 앎을 삶으로 이끌었다. 평화로울 수 없는 삶, 롤러코스터 같은 운명은 잠시도 나를 쉬도록 내버려 두지 않았다. 치열하게 갈등하고 불같이 타올라 녹고 녹은 몸과 마음이 맑은 호수처럼 하늘을 받아 안는 그릇이 될 때까지.

　유별난 야망이나 큰 욕심 없이 그저 남들처럼 안정적이고 편안한 삶을 꿈꿔 왔던 평범했던 내가 신체적 장애를 가진 맏딸 재윤이의 탄생과 함께 편안과는 거리가 먼, 주류와는 상관없는 아웃사이더가 된 것은 당연한 수순이었다. 사회가 만들어 놓은 제도와 관습의 안전망 안에서 호의호식하면서 소박한 꿈을 펼치려던 내 계획은 한순간에 물거품이 되고 말았다. 세상은 약자에게 조금도 관대하지 않았고 발전의 걸림돌로 여기며 자꾸만 밀어버렸다. 가혹한 운명 앞에서는 원대한 야망이나 사소한 계획조차 아무 소용이 없다는 걸 그때 처음 알았다.

기존 관념과 경험과 지식이 쓸모없게 된 내가 아웃사이더로서 할 수 있는 일은 사지 장애를 가진 재윤이를 하루빨리 치료하는 것이었다. 적어도 나와 재윤이를 배척하는 세상과 더불어 살아가기 위해서는 비장애인들이 살아가는 주류의 언저리에라도 서성여야 했다. 하지만 더 나은 것에 대한 갈증은 치료와 수술로도 채워지지 않았고 재윤이의 몸과 마음이 한 단계씩 성장할수록 한층 더 업그레이드되는 내 욕심은 끝이 없었다. 욕심은 두려움을 만나 수시로 나를 옭죄었다. 영원히 돌을 굴려 올려야만 하는 몸과 마음의 고달픔, 시지프스의 형벌이 따로 없었다.

해도 해도 끝이 없는 일, 채울 수 없는 욕망의 노예처럼 내 마음조차 바늘 하나 들어갈 틈이 없는 거칠고 단단한 돌이 되어갈 무렵 재윤이가 온몸으로 반격에 나섰다. 여태 자신을 위해 몸 바친 나의 난폭한 사랑에 반기를 든 건 사춘기의 절정 고등학생 때였다.

이른 아침 집을 나서 저녁 늦게 돌아와 방문을 걸어 잠근 채 자기만의 세계에 빠져 있거나 내게는 눈길도 주지 않으면서 친구를 위해서라면 제가 아끼는 물건도 서슴없이 갖다 주었다. 심지어 소중한 내 물건까지 거리낌 없이 내어 줬다. 미소를 잃은 얼굴은 풀어헤친 머리로 반쯤 가리고 검은 옷의 삐딱한 표정과 몸짓으로 나와 세상을 향해 토라진 마음을 애써 표현했다. 사사건건 간섭하고 억압하는 엄마를 벗어나려 야심차게 가출까지 계획하고 있었다.

나 대신 재윤이 마음속에 새로운 엄마가 되어 있는 담임 선생님은 그런 재윤이를 이해하지 못하는 나를 안타까워하며 재윤이의 일탈과 반항은 엄마의 몰이해와 완고함 때문이라고 완곡하게 돌려 말했다. 나는 미성숙하고 신체가 부자유한 딸을 책임지려는 엄마의 책임감과 행동까지 싸잡아 탓하는 그 엄마(담임 선생님) 때문에 몹시 불편하고 심란해졌다. 하지만 순하고 선한 재윤이가 잿빛 사춘기를 심하게 겪는 원인과 이유를 하루빨리 찾아 그 불안과 그늘을 거두어주고 싶었다.

재윤이를 위한 내 사랑의 방법에 문제가 있었던 건 아닐까. 어릴 때는 엄마인 내 생각대로 이끌 수 있지만 아이가 자라 자기의 생각과 가치관을 가지게 되면 나와 다른 사고방식을 존중해야 소통할 수 있다는 것을 까맣게 잊고 있었다. 너는 어리고 나는 어른이라는 생각, 너는 미숙하고 나는 성숙하다는 확신, 너는 부족하고 나는 완전하다는 교만, 너는 틀리고 나는 맞다는 독선. 이런 이분법적 사고방식으로는 누구와도 좋고 원만한 관계를 이룰 수 없었다.

느리지만 제 나름의 성장을 차근차근 해 온 재윤이는 유연한 사고는커녕 단단하고 일방적이면서 여유도 따스함도 없는 엄마를 온 몸으로 거부하고 있는 것이었다. 그러니까 내가 재윤이를 존재로서 존중하거나 사랑하지 않았던 까닭임이 분명했다.

재윤이는 내게 있어 심신이 조화로운 온전한 존재가 아니라 몸이 불완전하여 존재 자체가 온전치 않은 아이, 그래서 나를 힘들게 하는 딸일 뿐이었다. 내면과 마음을 돌보지 않은 채 외적인 몸만 고치려는 생각으로 계속 힘들고 버거운 수술과 병원치료로 내몰면서 그것을 자식 사랑이라고 착각하며 여린 마음에 상처를 주었던 것이다. 재윤이에게 필요한 것은 하얀 가운을 입은 의사의 손길이 아니라 엄마의 넉넉한 품과 따스한 가슴이라는 것을 알지 못했다. 충분히 받아본 적 없어 내 안에 채워지지 않은 사랑을 자식에게 내어줄 수는 없었다. 나 역시 경험하거나 느껴본 적 없는 엄마의 곁을 재윤이에게 주지 못했다. 결핍의 악순

환, 겉사랑의 대물림이었다.

이유를 알았으니 악순환의 고리를 끊고 마음과 사랑으로 내가 먼저 다가가 상처 입은 재윤이와 온전한 관계를 회복해야 했다. 나를 억눌러가며 억지로 희생하는 무늬뿐인 모성이 아니라 지난 잘못을 돌아보고 진심으로 참회하는 마음에서 우러나와 나부터 충만해지는 사랑으로 재윤이를 품고 싶었다. 상처 난 마음을 부여안고 자기만의 삶을 살려고 발버둥치는 재윤이의 눈높이로 보아야 불안과 일탈과 반항을 공감할 것 같았다. 그건 어쩌면 나의 갈망이고 내 모습일지 모른다. 내가 받고 싶은 사랑을 재윤이에게 주면 될 것 같았다.

가랑비에 옷 젖듯 조금씩 내 진심어린 사과를 담은 말과 행동으로 재윤이를 대하게 되자 어느새 나는 재윤이와 한 편이 되어 같은 곳을 바라보게 되었다. 전에는 몰랐던 깊은 속마음과 그 작은 몸에 자리한 잔잔한 사랑의 크기도 헤아릴 수 있었다. 시간이 지나자 엄마인 내가 재윤이를 품어주는 게 아니라 재윤이가 큰 사랑으로 나를 감싸주는 느낌이었다. 몸에만 올인하느라 놓친 서로의 마음과 결이 얼마나 소중한 삶의 원천인지 새삼 느끼게 되었다. 내가 그토록 바라왔던 정상적이고 행복한 삶은 외적인 형태나 무늬가 아니라 내 안에서 시작되어 가장 가까운 사람들을 통한 마음과 관계에서 비롯된다는 것을 그제서야 깨달았다. 사랑은 관심에서 시작되는 마음이고 그 따스함은 굳이 말하지 않아도 느낄 수 있는 눈길과 손끝으로 전해진다. 날 선 책임감은 따스한 온기로 감싸 안아주는 품을 넘지 못하고 머리는 마음을 앞설 수 없다.

아들 아닌 딸, 출가외인이 될 여자라는 이유로 없는 듯이 살라고 했던 할머니의 주문처럼 나는 말없이 묵묵히 내 할 일 다 하는 것이 최선의 삶인 줄 알았다. 아무도 알려 하지 않고 존중하지 않았던 내 생각과 마음을 나도 모른 채 묻고 살아온 내가 몸이 성치 않은 재윤이에게 해 줄 것이 오랜 책임감에서 비롯된 외적인 일 뿐인 줄 알았다. 재윤이의 여린 마음을 살펴주지 않았던 나 역시 상처받은 마음의 보살핌이나 헤아림을 받아보지 못했던 사람, 그저 나이만 먹어 몸만 자란 엄마일 뿐이었다. 알고 보니 내 고달팠던 몸과 돌덩이 같은 가슴, 오랜 상처로 얼룩진 마음의 본 모습을 보여준 사람도, 온전한 모성과 자유를 깨우쳐 준 사람도 바로 재윤이였다. 불완전하고 엉성하며 어눌하고 느린 데다 나보다 어리고 미성숙한 재윤이가 온몸으로 나를 이끌어 밝고 따스한 사랑으로 안내해 주고 있었다.

나를 돌아보게 되면서 나처럼 상처받은 재윤이와 화해하고 건강하고 따뜻한 모녀 관계를 만들어 가기 시작할 무렵 재윤이는 불치병 루게릭을 얻었다. 희망을 품고 일어서려는 찰나 운명이 우리를 비웃듯 억세게 눌러 주저앉히는 것 같았다. 장애의 몸으로부터 자유로워져 마음에서 비롯된 사랑으로 함께 발걸음을 옮기려 하자 어림없다며 막아서는 모양이었다.

20여 년의 투쟁 끝에 얻어낸 마음의 자유가 병 때문에 물거품이 되게 할 수는 없었다. 고난도 즐거움과 함께 열린 마음으로 이겨낼 수 있다는 것과 어두운 터널에도 끝이 있다는 사실을 알게 된 내가 다시 깊은 터널 속 좌절의 밑바닥에서 쓰러져 울고만 있을 수도 없었다. 설령 그 끝이 죽음이라 하여도.

재윤이의 몸과 마음을 온전히 지켜내기 위해 내 몸과 마음을 기꺼이 내어주는 사랑 또한 불치병을 핑계로 거둘 수 없었다. 사랑을 잃지 않는다면 어떤 것도 나를 배신하지 않을 것이라 믿었다. 어둔 터널 속일지라도 두 손을 꼭 잡고 한 마음으로 노래를 부르며 나아간다면 무서운 병마조차 두렵지 않을 거라 생각했다.

다시는 오지 못할 우리의 하루 한 순간을 아껴가며 재윤이에게 그동안 못다 준 사랑을 쏟아주었다. 거덜 난 몸과 조각 난 혼에서 퍼 올리는 사랑이 온전할 리 없었지만 그 어느 때보다 뜨겁게 빛나는 사랑의 파편을 하늘이 우리에게 주는 위로라 여겼다. 그 속에는 몸이 사그러지는 재윤이와 몸과 혼이 너덜해진 나를 위로하는 따스함이 들어 있었다. 사람이 줄 수 없는 무한한 사랑을 믿고 간구하며 그 사랑의 힘으로 함께 병을 견뎌내기로 했다. 충만한 사랑과 마음에서 우러나는 환한 미소가 흐르는 곳이 낙원이라면 죽음이 드리운 절망의 병상에서 우리만의 낙원을 만들고 싶었다.

재윤이는 모두의 사랑을 안고 사랑이 되어 떠났다. 평온한 얼굴 편안한 모습으로 빛이 되어 올랐다. 사랑이 떠난 자리에 찾아온 먹먹한 그리움. 사랑이 숨겨 놓은 마지막 이름이 있다면 그것은 그리움일까.

예상치 못한 외로움과 가누기 어려운 슬픔이 휘몰아쳤다. 말이 없어지고 마음만 울렁였다. 옆에서 무슨 말을 해도 관심이 없고 의미 없는 소음처럼 웅웅거렸다. 나만큼 아프지 않아 아무도 모르는 내 마음의 슬픔과 뻥 뚫린 가슴에 들어앉은 재윤이를 부여안고 혼자 유령처럼 서성이고 있었다. 하루하루가 느리고 구슬픈 영화 같았다. 이별이 가져다주는 마음이 이렇게 삶을 통째 뒤바꿔 놓을 줄은 상상도 못했다. 거덜난 몸을 대신하여 영혼만이 나를 겨우 지탱해 주는 것 같았다. 방황하고 서성이고 꺼졌다 일어나기를 반복하는 동안 해가 세 번 바뀌었다. 죽기 살기로 살아온 삼 년이 그저 제자리걸음이었다. 장승, 망부석이 따로 없었다. 이젠 옛말이 된 부모의 삼년상을 왜 치뤄왔는지 조금은 알 것 같다. 삼 년이 아니라 삼십 년이라 해도 회복될 수 없는 나의 일상이지만 죽음을 품고 다시 살아내기 위해 애도의 삼 년, 애통의 세월을 마무리해야 할 때가 되었다.

'메멘토 모리' 죽음을 기억하라는 문구는 언젠가 죽어야 할 유한한 존재가 한 순간도 잊어서는 안 될 삶의 무상함을 뜻하는 것이리라. 다음 순간 사라지고 말 것들에서 눈을 거두어 유의미한 영원성을 바라보고 추구하라는 경고는 이제 내 머리와 가슴 속 일부가 되어 있다.

삼세번의 폭풍으로 뒤집어졌다 일어나고 꺾이고 부러지면서 단련되고 거듭난 나는 이제 샘이 깊은 물, 뿌리 깊은 나무처럼 깊고 웅숭깊은 내면을 지닌 흔들리지 않는 사람이고 싶다.

외유내강, 겉은 부드럽고 속은 단단해, 맞닥뜨려 경험하지 않은 일을 상상만으로 무서워하거나 실패의 경험을 핑계로 뒤로 물러서지 않고, 내일의 행복을 위한 억눌린 오늘이 아니라 지금 여기에 집중하는 매일의 오늘을 마침표처럼 사는 삶.

풍요로운 내면의 자유로 책임과 의무를 넉넉히 포용하고 마음이 이끄는 길과 가슴 뛰는 삶의 조화 속에서 자신 있고 담담하게 걸어가는 사람.

자세히 관찰하고 더 잘 알기 위해 배워서 나와 이웃, 세상과 우주가 제 본질의 사명을 다하는 데 유익한 도움을 주는 바람 같은 존재.

　　천상천하 유아독존天上天下唯我獨尊이야말로 겸손과 조화, 창의성과 일체감의 함축적 표현이라는 것을 삼세번의 인생길을 지난 이제야 알 것 같다.

　　긴 겨울을 지나 꽃샘추위를 견뎌낸 가지 끝 봉우리가 살며시 고개를 든다.

가을을 남기고 떠난 사람

겪어 봐야 알 수 있고 그제서야 실감하여 느낄 수 있는 사랑, 이별, 그리움 그리고 외로움. 가장 편안한 모습으로 잠든 재윤이와의 이별은 우리의 생각보다 아름다웠고 재윤이는 제 할 일을 다 마친 자의 안식을 위한 멀고 먼 자기만의 여행길로 모두의 귀한 배웅을 받으며 떠나갔다. 넘치는 은혜 안에서 재윤이가 고통 없는 안식 세계에 들어갔음은 의심의 여지가 없었지만 시간이 흐를수록 커지는 허전함과 수시로 밀려오는 그리움은 가눌 방법이 없었다. 모르는 사이 나는 날로 의기소침, 무기력해지고 있었다. 형형색색의 세상은 단번에 무채색이 되어버렸다. 눈길이 닿는 모든 것에 재윤이의 모습과 목소리가 겹쳐 코끝이 찡했고 다시는 만날 수 없는 이별의 거리에 때도 없이 울컥했다. 보이는 것 너머에 숨은 더 많은 이야기들이 아무 때나 내게 말을 걸어왔다. 재윤이가 떠오르지 않는 것은 그 무엇도 와닿지 않았다.

미금역 사거리, 용돈을 아껴 마음에 드는 옷을 이것저것 고르고 만졌을 단골 옷가게와 새로 나온 화장품을 골라 발라보고 이리저리 거울을 들여다보았을 근처 미용숍을 지날 땐 언제나 재윤이가 어른거렸다. 버스를 타다 넘어져 다친 정류장과 낙상사고의 트라우마에 마음 졸였을 재윤이의 출퇴근 길은 내 눈에만 보이는 또 다른 시공간이었다. 커피 원두를 가는 아침이면 손잡이가 헛돌 때까지 돌려야 다 된 거라고 옆에서 친절하게 알려주던 상냥한 바리스타 재윤이의 목소리가 미소와 함께 생생했다. 네 명의 가족 톡방에서 주고받던 메시지의 읽음 표시는 끝끝내 지워지지 않는 1로 남아 재윤이의 부재를 항상 일깨웠고 예능 프로그램를 보며 즐거워했을 재윤이의 빈자리는 언제나 낯설었다. 앰블란스의 다급한 사이렌 소리는 산소마스크를 하고 응급실로 향하던 그 날의 기억을 빠르게 소환하여 생사의 고비 끝에 마지막 이별을 나누던 순간으로 데려가곤 한다. 식구가 몇이냐는 흔한 물음에 대답보다 먼저 눈물이 핑 돌거나 '언니'라는 말만 들어도 가슴이 철렁 내려앉는 동생의 일상 등은 이별을 꼼꼼히 준비했던 우리가 한 번도 예상치 못했던 것이었다.

이른 아침 출근길 동트는 햇살과 함께 떠오르는 재윤이가 라디오에서 흘러 나오는 노래 가사 속에서 추억으로 되살아난다는 남편 역시 가슴에 묻은 재윤이를 언제나 그리워하고 있었다.

재윤이의 애창곡 이은미의 〈애인있어요〉를 일부러 찾아들으며 먹먹한 그리움을 달래는 그의 마음 역시 말이 되기는 어려운 것이었다. 더 잘해주고 살뜰히 마음 써 주지 못했던 떠난 사람에 대한 후회는 가슴을 후비는 아픔을 긴 한숨과 짧은 탄식으로 바꿔 놓는다.

준비한 이별과 경험한 이별, 그 둘의 간극은 하늘과 땅 그 이상이라는 걸 이별을 겪고 시간이 흐른 뒤에야 알게 되었다. 남은 자의 사무치는 그리움과 외로움은 머리의 이해나 상상의 영역이 아니라 마음과 가슴에서 더 깊고 무거워져 남은 삶이 전과는 다른 방향과 차원에서 진행될 것이라는 것을 온 몸으로 느낄 수 있다.

세상에 남아 죄짓지 않고 하늘나라에 갔으니 망자가 부럽다는 위로 같지 않은 위로도, 더 이상 간병에 시달리지 않으니 여행이나 다니며 여생을 즐기라는 덕담 아닌 덕담도, 다 잊으라며 어른다움을 과시하는 훈계도, 자식을 보낸 지가 언제인데 아직도 슬프냐는 천진난만한 물음도 자식을 잃은 사람 앞에서는 할 소리가 아니라는 것과 상대를 배려하지 않는 위로 또한 상처가 된다는 것을 사별을 겪어 보지 않은 사람들은 모르고 있었다.

부모를 잃은 '고아', 아내를 잃은 '홀아비', 남편을 잃은 '과부'

처럼, 자식 잃은 부모를 이름조차 짓지 못하는 이유가 그 슬픔을 도저히 가늠할 수 없기 때문이라는 말도 경험한 자가 아니면 이해하기 어려운 것처럼 보였다. 같은 부모의 입장에서조차 공감이 어려운 사람들의 위로는 어불성설이었다. 그럴 때마다 나는 사람과의 만남과 소음에 불과한 대화가 한없이 불편하고 무의미해진다. 소중한 시간을 쓰레기통에 처박는 기분이 되어 그만 입을 닫게 된다. 자기만의 경험과 지식에 갇혀 버린 사람들도 언젠가 또 다른 자기만의 경험을 통해 삶의 지평이 열릴 것이라 여기며 잠시 거리를 두고 싶어진다.

어떤 형태로든 이별은 남은 자에게 무너지는 고통과 슬픔의 생채기를 아로새겨 놓는다. 나보다 더 오래 남아 해야 할 일이 많은 자식이 남기고 간 온기와 흔적 그리고 아직 끝나지 않은 이야기들. 다시는 돌아올 수 없는 강을 건넌 것이 어디 떠난 사람뿐일까. 지울 수 없는 상처를 안고 남아 있는 자와 삶의 동력을 잃고도 살아내야 하는 외로운 이들이 뜨거운 눈물로 건넌 강은 누가 되돌릴 수 있을까.

영영한 이별을 관통하고 난 후 나의 일상은 이 세상 어디가 아니라 하늘과 땅 사이 슬픔이 고인 어디쯤에서 헤매듯 지속된다. 익숙한 듯 낯선, 고향 같은 타향에서 원주민 같은 이방인처럼.

때 이른 이별은 여전히 낯설고 뜨겁게 아프며 날마다 사무치는 외로움 또한 그렇다. 몇 겹 그리움의 무게로 마음 둘 곳을 찾기 어려운 이 가을엔.

시린 마음도 낙엽처럼 뒹구는 가을에는 동면의 추운 겨울을 재촉하는 찬 바람이 빈 가슴에 살처럼 날아와 박힌다.

저기

"'저기'를 보세요 —."

똑바로 누워야 보이는 천장에 쓰인 두 글자, '저기'.

재윤이가 쌍꺼풀 수술을 하고 싶다 했을 때 나는 재윤이의 예
뻐지고 싶은 본능과 순진한 소망을 외면하고 굳이 할 필요도 없
는 수술이라는 것에만 신경을 곤두세웠다. 수차례의 성형, 정형외
과 수술로도 정상이 되거나 예뻐질 수 없는 손과 발이 아니라 쌍
꺼풀 진 큰 눈, 더 예쁜 얼굴로 멋지게 거듭나고 싶었던 재윤이의
지극히 평범한 바람은 엄마의 시큰둥한 표정으로 기약 없는 후일
을 남긴 채 흐지부지되었다.

우리 가족에게 있어 수술이란 신체적 장애를 개선해야 할 재
윤이에게 한정된 것이었다. 그것만으로도 부담과 스트레스가 만
만치 않았고 병원이나 수술 같은 말만 들어도 진저리가 났던 터
라 더 예뻐지기 위한 성형수술 같은 사치는 꿈도 꿀 수 없었다.

그런 여유는 우리와는 아무 상관 없는 저 편, 풍족하고 윤기나는 사람들에게나 해당되는 일이었다.

겪어 봐야 알게 되고 절실해야 움직이는 법. 커튼을 걷어내듯 해묵은 슬픔도 걷어내겠다며 나와는 별개라 여겨 터부시했던 성형수술을 자청했다. 시도 때도 없이 흘린 눈물로 퉁퉁 부은 눈꺼풀이 노화로 탄력을 잃은 피부를 만나 커튼처럼 늘어져 꼴불견이 따로 없었다. 이유 불문하고 쌍꺼풀이 아니라 눈꺼풀(상안검) 수술이라며 대놓고 노인 대우하는 병원 측의 태도를 고분고분 받아들인 나는 그것이 혈육과 의욕을 함께 잃은 몸과 마음에 작으나마 활력소가 되길 바랐다.

아니 그렇게라도 하지 않으면 처지고 늘어진 눈꺼풀처럼 널브러진 마음을 감당하기 어려울 것 같았다. 더 이상 슬픔이 곳곳에 스며있는 내 모습을 보고싶지 않아 재윤이에게도 허락치 않았던 그 수술을 하기로 했다.

의사 선생님의 지시로 천장에 쓰인 글자 '저기'를 보다가 문득 머나먼 '저기'로 훌쩍 떠난 재윤이를 생각했다. 사리분별하게 된 이후 수술실에 혼자 들어갈 때마다 두려움과 외로움에 눈물을 글썽이던 겁 많은 어린 재윤이는 매번 이런 공포와 날 선 조명 아래서 엄마 잃은 새처럼 홀로 몸을 떨다 마취에 들었을 것이다. 만약 재윤이가 수차례 해왔던 무서운 외과 수술이 아니라 그토록 바라던 쌍꺼풀 수술을 위해 이렇게 누웠다면 그 흥분된 떨림이 얼마나 즐거웠을까.

붉은 4차원의 공간으로 빨려드는 듯한 수면 마취의 짧은 시간을 뺀 두 시간 여를 맨정신으로 눈을 감은 채 재윤이를 생각하다 가슴이 저리고 아파 간간이 긴 한숨을 내쉬었다. 불편한 몸만 고쳐주느라 그 마음도 몰라주고 작은 소망마저 싹둑 잘라버린 나의 몰이해와 냉정함에 몸서리가 쳐졌다. 내 기준에 턱없이 부족한 몸 때문에 진심으로 재윤이를 존중해 주거나 또래라면 누구나 가질 법한 예쁜 마음조차 헤아려주지 못했던 미성숙한 나의 과거는 언제나 이렇게 나를 괴롭힌다. 모성의 기본도 못 갖춘 이해심 제로인 엄마 때문에 재윤이는 얼마나 외롭고 서러웠을까 .

자진해서 들어가 누운 수술대 위에서 간간이 긴 한숨을 내쉬자니 어디가 많이 불편하냐고 수술 도중 의사가 물었다. "불편한 게 아니라 딸 생각이 나서 그래요"라고 맥락 없이 말하려다 그냥 아니라고만 짧게 답했다. 그 많은 이야기와 애끓는 내 속을 누구에게 몇 마디 말로 어떻게 전할 수 있을까. 몸 말고 마음이 저리

고 아파 내쉬는 긴 한숨은 이후로도 몇 번을 더 쉬고 나서야 수술
이 끝났다.

병상에서 엄마랑 쉬지 않고 낄낄대며 이야기를 나누거나 TV
를 보던 재윤이는 기계치에다 변화의 속도를 따라잡지 못하는 허
점투성이 엄마에게 유익한 방송을 틈틈이 체크하고 함께 챙겨보
는 정성을 보였다. 엄마는 나 없으면 안 된다며 마치 자기가 내 엄
마인 것처럼 걱정스레 말하곤 했다. 복잡한 기계는커녕 손에 든
핸드폰조차 마음대로 쓰지 못하는 엄마가 불안하고 안쓰러워 보
였던 모양이었다. 병상에 꼼짝없이 누워서도 짜증 한 번 내지 않
고 도리어 멀쩡한 엄마를 염려하던 마음 따스한 딸. 그 품에 안겨
마음껏 울어도 될 것 같은 엄마 같은 재윤이. 그처럼 심성 깊은 말
과 마음씨가 고마워 수시로 가슴이 먹먹했고 이렇게 곱고 예쁜 사
랑을 잃고 나는 어떻게 살까 다시 목이 메었다.

사랑을 잃고도 멀쩡한 듯 살아왔던 나는 사랑을 잃어서 더 깊
고 단단해진 모습으로 겹이 된 눈꺼풀에 재윤이를 새길 것이다.
눈을 뜨면 보이는 그리움의 실마리와 눈 감으면 되살아나는
추억을 안고 아직 내가 머물고 있는 '여기'에서 재윤이가 기다리
는 '저기'를 바라보며.

깊은 우울

재윤이의 기일이 두 번 지나는 동안 우리는 이사를 했고 남편은 이직을 했으며 채림이는 대학에 입학하여 다시 고3 수험생만큼이나 바쁜 대학 생활에 올인하느라 저마다 고군분투, 살아내려 무던히 애를 썼다. 나 역시 겉으로는 괜찮은 척, 쿨한 척 가족들을 돌보았지만 밤마다 불면증에 뒤척이고 낮에는 무기력으로 몸과 마음이 가라앉았다. 우울함을 달래기 위해 물감을 꺼내 그림을 그리거나 하릴없이 앉아 느릿느릿 바느질을 하거나 시간 때우기용 뜨개질로 축축한 일상을 이어갔지만 아프고 허한 마음을 채울 수는 없었다.

잃어버린 활기를 찾기 위해 아이들을 만나는 단기 아르바이트도 해보고 오카리나를 불면서 켜켜이 쌓인 한숨을 토해내기도 했다. 슬픔을 잊기 위해 목공을 배워 덩치 큰 가구도 손수 만들어보면서 일상의 활력을 찾은 줄 알았는데 기어이 몸에 탈이 나고서야 내 몸과 마음이 여전히 괜찮지 않다는 걸 알게 되었다.

어떤 일상이나 이벤트도 슬픔을 달래주지 못했고 좋아하던 그무엇도 위로가 되지 않았다.

이웃과 친구들을 만나거나 혼자 별짓을 다 해봐도 이별이 가져다 준 외로움과 슬픔을 이겨낼 수 없었던 건 나를 따뜻하게 안아 일으켜 줄 기댈 몸, 마음을 나눌 곁이 없었기 때문이었다. 손자를 품어 줄 나이 60이 다 되가는 내가, 넉넉하고 따스한 품과 공감의 언어를 갈망하고 있었다. 하늘이 무너지고 땅이 꺼지는 아픔을 감싸 헤아려주는 사랑 없이 혼자 힘으로만 이겨낼 수 있는 사람이 있기는 할까. 기대어 울 품도 따뜻한 곁도 없이 나 혼자 괜찮은 척 아득바득 기를 쓰다 기진맥진, 마지막 에너지마저 탈탈 털린 느낌이었다. 시간이 상처를 어루만지고 치유해 준다는 말은 상처 입은 사람에 대한 지극한 보호와 따뜻한 케어, 공감과 위로의 마음과 손길이 충분히 함께할 때에나 맞는 말이었다.

일주일이면 나았을 장염이 보름을 넘어 한 달 가까이 몸에 반란을 일으켜 할 수 있는 모든 조처를 다 취해 봐도 약이나 주사조차 힘을 못 쓸 만큼 온 몸은 단단히 화가 나 있었다. 아예 기능을 멈추고 올 스톱 파업이었다. 스트레스와 분노로 잠을 이루지 못하거나 화와 눈물이 뒤범벅이 된 알 수 없는 억울함과 외로움을 내 몸이 고스란히 받아내느라 내장 기관이 활동을 멈춰버렸다.

담당의사도 고개를 갸웃거린 장의 미스테리한 무기력으로 한 달이 넘게 병원을 들락거려야 했다. 마음에서 시작된 몸의 반란은 예상보다 심각하여 몸만큼 마음을 달래는 일도 함께 해야 할 상황이었다. 치유되지 않은 슬픔과 분노, 상처와 외로움들이 서로 뒤엉켜 돌처럼 차갑고 단단해진 상태였다. 고장난 몸처럼 잃어버린 말도 회복해야 했다. 흔치 않은 경험으로 말을 잃은 것이 이번이 처음이 아니었다. 누구도 내 말을 들어주지 않아 입을 닫아야 했던 어린시절엔 아들이 아니었기 때문이었고 출산 후엔 자식의 장애를 돌봐야 하는, 다른 엄마들처럼 주류가 공감할 수 없는 힘겨움이나 괴로움을 토로할 길이 없어 입을 열지 않았다. 걱정스레 안부를 묻는 누군가의 인사는 내 말을 듣기 위해서가 아니라 자기 말을 하기 위해서라는 걸 경험을 통해 알았다. 보호자인 나도 해결할 수 없는 문제와 어두운 심경을 길게 들어줄 귀는 어디에도 없었다. 켜켜이 쌓여 단단해진 퇴적암처럼 말이 되지 못한 마음은 불치병 딸의 곁을 지키다 끝끝내 자식을 잃고나자 화석이 되어버렸다. 그리하여 나는 재윤이를 보낸 2년여 만에 응급실을 찾는 심정으로 상담실 문을 두드리게 되었다.

견디기 어렵고 사는 게 힘들기는 곁에 두고도 충분한 위로가 되어주지 못했던 채림이도 마찬가지였다. 언니가 잠든 해에 사별의 고통 속에서 입시를 치루느라 말 못할 어려움을 혼자 짊어져야 했다. 대학 면접을 갈 때마다 어쩔 수 없이 해야 하는 언니 이야기에 자기도 모르게 터져 나오는 눈물 때문에 주머니에 휴지 뭉치를 구겨 넣고 갔던 모습은 지켜보는 내 마음까지 쓰리고 저리게 만들었다. 글썽이는 눈빛으로 슬픔을 꾸역꾸역 견뎌내던 채림이 곁에선 내가 더 긴장된 입시생 같았다. 뻔히 보고 알면서도 대신해 줄 수 없는 일은 누구라고 예외가 없지만 떨리는 손을 잡아주고 곁을 지켜주는 건 내가 엄마라서 누구보다 잘 할 수 있었다. 그렇지만 환자가 환자를 치료해 줄 수 없듯 내 슬픔에 겨워 마음의 여유도, 내어줄 품도 없는 내가 채림이의 위로가 될 수 없는 건 당연한 일이었다. 채림이가 입시를 마친 후 시작했던 상담 치료는 별 성과 없이 끝났고 학교 새내기 생활에 적응하느라 또 다른 어려움에 직면해야 했다. 상처와 아픔이 고인 채 상큼 발랄한 대학 새내기들 사이에서 내색 없이 어울리는 것 또한 괴롭기는 마찬가지여서 외로움과 갈등을 풀지 못하는 일상을 그저 바쁘게만 살아냈다. 괜찮은 척 앞만 보고 달리느라 마음에 고인 슬픔이 깊어가는 줄도 모른 채 2년 넘게 지내다 보니 심신의 번 아웃 burn out과 함께 심한 우울증까지 겹쳐 역시 정신과 치료와 함께 약물치료까지 받아야 할 지경이 되고 말았다.

나를 돌보기도 벅차 가족들의 내면을 소홀히 하는 동안 채림이도 나처럼, 기댈 수 있는 품과 곁의 따뜻한 돌봄과 케어를 받지 못해 마음의 병이 깊게 뿌리내린 모양이었다.

가족의 울타리를 굳게 지키기 위해 애를 쓰느라 노심초사, 슬픔을 좀처럼 내보이려 하지 않는 남편은 남은 가족을 지키려는 책임감으로 아픔과 그리움을 대신하고 있는지 모른다. 기성세대의 성장 과정이 대개 그랬던 것처럼 남편 역시 자기 마음을 표현하고 감정을 드러내는 걸 어색해 한다. 이따금 벽에 걸린 재윤이 초상화를 가만히 들여다보거나 잠자코 앉아 허공을 응시하며 그리움을 삭이는 것처럼 보였다. 분명한 건 그 역시 가족들을 지키며 괜찮은 척 살아내기 위해 홀로 외로운 싸움을 하고 있다는 사실이었다.

같고도 다른 자기만의 깊은 슬픔에 빠져 제각기 허우적대면서도 아무렇지 않은 척 사는 동안 우리는 가시 때문에 서로를 안아 줄 수 없는 고슴도치처럼 누가 누구를 돌보거나 마음 깊이 헤아리고 위로해 줄 여력이 없었다. 각자 자기의 아픔을 겨우겨우 감당하며 꾸역꾸역 살아내느라 곁도 마음도 내어주지 못했다. 그러다 보니 이별이 가져다 준 지독한 그리움과 외로움을 각자의 생각과 마음, 몸과 정신이 감당하지 못한 채 겉은 멀쩡하나 속은 곪은 상태가 되어 기어이 수술이 필요한 응급 환자가 되어 있었다.

이제라도 치유받지 못한 지독한 슬픔을 어루만지고 거덜 난 체력을 보충하기 위해 진짜 휴식과 힐링의 시간이 필요했다. 괜찮은 척 주변을 안심시키려는 노력보다 우리가 정말로 괜찮아지기 위한 치유의 마지막 골든 타임, 위기 탈출과 심폐 소생이 절실한 타이밍이었다. 인생의 위로자, 내 편이 되어 곁을 내어줄 다른 누군가의 도움으로라도 고인 아픔과 외로움과 슬픔을 치유해야 한다. 혼자 또는 각자의 힘으로 극복하기 힘든 이별의 트라우마, 슬픔의 아우라를 걷어내기 위해 우리는 서로를 더 많이 이해하고 배려하면서 주저없이 마음의 슬픔을 드러내고 헤아려주는 인내와 경청의 시간을 가질 필요가 있다.

마음이 동행하는 열린 귀와 배려가 함께하는 진실한 입이 만나 슬픔을 나누려는 공감의 시간으로 삶의 이유와 존재의 가치를 확인하고 있는 듯이 사는 듯이 사람답게 살아야 한다.

서로 다른 입장에서 느끼는 우울의 빛과 색, 결과 모양이 서로에게 녹아 배여 재윤이가 안식하는 하늘에 맞닿아 아무도 몰랐을 희망으로 거듭나기 위해, 회색빛 우울이 여명의 햇살 되어 퍼지고 빛나도록 함께 오래 끝까지.

안나푸르나

한 달이 넘게 나를 괴롭힌 장염이 차츰 나아갈 무렵 기진한 몸과 함께 마음도 추스르기 위해 상담치료를 시작했다. 속 빈 강정처럼 껍데기로만 존재하는 세상에 남아 오래 오래 살고 싶은 마음은 추호도 없었지만 내가 돌봐야 할 가족이 있어 나는 지금보다는 더 건강해져야 했다. 그림자처럼 앉아 있거나 허깨비처럼 돌아다니는 나를 더 이상은 내가 감당하기 힘들었다. 찢어진 마음도 다독이고 지친 몸도 일으켜야 할 것 같았다.

상실의 아픔만큼 위로받지 못한 외로움이 병이 되어 몸과 마음을 헤집고 있다는 것을 상담을 통해 알게 되었다. 막연했던 분노와 까닭 모를 억울함이 가닥가닥 실체로 드러나자 나의 애통과 의분은 특별할 것 없는 감정이라는 것을 알았다. 재윤이가 내게 그러했듯 위로받거나 존중받지 못한 나를 애처롭게 여기는 약자의 분노는 내가 나를 사랑하는 방법, 어쩌면 당연한 일이었다. 대가족 속의 딸, 여자라서 받고 자란 푸대접과 무관심이 고이고 쌓여 울화증이 있던 내가 자식 잃은 아픔을 토로하고 상처받은 마음을 치유하기 위해 상담을 하게 된 것이 다행스러우면서도 한편 슬펐다. 아무도 책임지지 않는 뿌리 깊은 상처로 나만 홀로 피 흘리며 아파하면서 그래도 살아보겠다고 몸부림치는 것만 같아 처량하고 안쓰러웠다. 세파에 시달려 이리저리 떠밀리다 깊은 구덩이에 빠져 혼자 허우적대는 느낌이었다.

그러던 어느 날 무심코 켠 TV 화면에 히말라야의 풍경이 펼쳐졌다. 눈이 시리게 푸른 하늘 아래 하얗게 눈 덮인 봉우리들은 때 묻지 않은 순수로 남아 꼼짝도 않은 채 오랜 세월을 버티고 서 있었다. 말로 하지 않아도 존재만으로 위로를 주는 거대한 자연의 풍광은 영상을 보는 것만으로도 속이 시원했다. 우뚝 솟은 산과 매운 바람, 청한 하늘과 흰구름이 서러움에 지친 나를 위로해 줄 것 같았다.

마침 얼마 전부터 안나푸르나 산행 계획을 세우고 있는 이웃한 벗들이 생각났다. 눈에 콩깍지가 덮이면 뵈는 게 없다는 말이 무식해서 용감한 내게 딱 맞는 말이었다. 그러지 않아도 빌빌한 몸이 오랜 장염으로 약해진 것도, 고산증에 대한 불안도, 산행한 지가 오래되어 감을 잊은 등산도, 험산을 오르기에 관리가 안 된 체력도 안나푸르나 산행을 꿈꾸는 데 아무런 장애가 아니었다.

울고 싶던 차에 넘어져 우는 사람처럼 집을 떠나 어디로든 가고 싶은 마음에 안나푸르나가 불을 붙인 셈이었다. 가고 싶고 꼭 가야겠다는 일념으로 몸이 달았다.

어디라도 갔다 오면 좀 살 것 같다는 말을 묵묵히 지지해 준 남편은 무기력과 우울로 시들어가는 내 곁에서 안타까운 침묵만 지키고 있던 터였고 엄마의 슬픔과 분노에 공감하던 채림이는 두 말할 것 없이 산행을 반겼다. 어쨌든 살아보겠다고 무거운 배낭을 짊어진 나의 무사 귀환을 기원하는 가족을 뒤로 하고 말로만 듣던 히말라야, 안나푸르나의 험산준령에 발을 내밀었다.

등산복 차림에 어울리지도 않는 재윤이 표 비즈공예 목걸이를 타인의 시선에 아랑곳하지 않고 재윤이와 동행하는 마음으로 목에 걸었다. 잘 다녀오라는 말과 함께 하늘이 제일 가까운 정상에서 재윤이 이름 한번 불러 주라는 남편의 배웅 인사가 내내 마음과 귀에 맴돌았다. 슬픔을 드러내지 않으려고 재윤이를 가슴에만 묻은 남편의 애통한 마음이 고스란히 전해졌다. 내 슬픔을 털어내려 용기를 낸 산행에 채림이의 상처와 재윤이를 향한 남편의 간절한 바람까지 담아 고난의 행군을 시작했다. 자식을 향한 절절한 그리움으로 내디딘 눈물 젖은 산행을 무사히 마칠 수 있을까.

산행 둘째 날 점심 무렵부터 체력 고갈로 퍼져버린 몸을 질질 끌고 현지 가이드의 보살핌과 일행의 도움으로 스틱에 의지하여 무거운 발걸음을 천천히 떼면서 내가 왜 여길 왔던가 후회가 밀려들기 시작하였다. 그제서야 여기가 지리산, 설악산도 아닌 험산고지 안나푸르나라는 실감이 났다. 살려고 왔는지 죽으려고 왔는지 헷갈릴 지경이었다. 내 현실과 주제를 모르고 마음이 원하는 것만 욕심껏 따른 내가 바보 같았다. 섣부르거나 신중하거나, 기쁘거나 슬프거나 내 선택과 삶의 행로에서 일어나는 모든 일은 내가 경험하고 느끼는 오직 나만의 것이라는 사실이 무겁게 나를 옥죄었다.

까마득한 높이, 끝도 없는 계단을 30킬로그램 전후의 짐을 지고 맨발에 슬리퍼를 신은 채 부지런히 오르는 네팔 포터들과 기능성 등산복과 튼튼한 등산화로 중무장한 내 걸음은 극단으로 갈렸다. 내가 재윤이의 병을 나눠 가질 수 없었듯이 아무도 힘겨운 내 발걸음을 대신할 수 없었다. 돌이킬 수 없는 곳, 멈출 수도 없는 자리에서 아득히 먼 고지를 바라보며 거기서 이름을 불러줄 재윤이만 생각했다.

고도가 높아질수록 가이드는 아주 천천히 일행을 이끌었다. 후미에서 거북이 걸음으로 발을 떼는 내 시야에는 언제나 선두

일행이 보였다. 뒤에서 힘겨워하는 나를 염두에 두고 천천히 산을 오르는 일행은 너나없이 걱정스러운 표정이었다. 나름 준비해 간 간식과 영양제를 틈틈이 챙겨 먹고도 도무지 힘을 못 쓰는 나를 위해 저마다의 배낭 속에 보물처럼 숨겨 둔 갖가지 보약들과 체력 보충제를 아낌없이 양보해 주었다. 의지와 상관 없는 내 운명처럼 나에게 쏟아지는 자선은 몹시도 난처하고 민망한 일이었지만 자칫 나 때문에 겪을지 모를 불상사를 피하지 위해 염치를 무릅쓰기로 했다. 고도가 높아지자 어지럼증이나 두통, 메스꺼운 증상으로 나타나는 고산증 대신 하혈을 했다. 아무래도 쉽게 적응하기 어려운 고도와 극심한 산행의 고통을 몸이 감당치 못하고 있음이 분명했다. 두말할 것 없는 나만의 고산증, 내 몸의 현 주소였다. 그냥 힘 닿는 데까지만 가기로 작정하니 끝을 보려고 기를 쓸 때보다 마음이 더 편안해지면서 겁이 아니라 힘이 났다. 내 안에 상처로 고인 피와 땀과 눈물을 다 쏟아내려고 여기까지 왔나 보다 여기며 한 방울도 남김 없이 전부 떨궈내고 싶었다.

틈만 나면 기절하듯 누워 쉬던 내 눈에 구름 모자를 쓴 물고기 꼬리 모양의 마차푸차레 정상이 손에 닿을 듯 가까이 보였다. 오르고 또 오르면 못 오를리 없을 거라 믿으며 기도하듯 산을 올랐다. 변화무쌍한 구름과 날씨 탓에 하얀 봉우리는 숨바꼭질하듯 보였다 안 보였다를 반복했다.

내가 걸은 만큼만 내 인생이라는 말을 문자 그대로 경험할 수 있는 산행은 한걸음 마다 사랑과 그리움, 삶과 죽음을 새겨 주었다. 나와 일행의 안전과 각자의 성찰을 위해 변덕스러운 눈사태와 폭풍을 잠재워준 안나푸르나는 내 거친 숨과 울분까지 받아내고 있었다. 바로 한 달 뒤, 예기치 못한 눈사태로 교사들이 숨진 곳이 바로 그 코스였으니 천운이라 해야 할까. 시리도록 푸른 하늘과 청정한 공기로 몸 속 세포 하나하나를 훑으면서 삶에 지치고 슬픔에 겨운 나를 어루만져 정화시켜준 푸르고 하얀 안나푸르나는 나를 품어준 거대한 태초의 위로자였다.

위태롭게 무거운 걸음을 옮기며 일행을 내내 긴장시켰던 내가 5일째 새벽 안나푸르나 베이스캠프A.B.C.에 일출을 보러 올라가는 것은 아무래도 무리였다. 고된 산행의 피로는 충분한 숙면을 방해했고 누적된 피로 때문에 내 몸은 통제 불능상태였다. 전날 밤 체력 고갈과 고산증으로 롯지 계단에서 넘어져 머리가 심하게 다친 부자父子 일행은 밤샘 응급치료 후 새벽녘 헬기로 하산했고 메인 가이드가 없는 상황에서 무리한 일출 산행 뒤 나까지 배째라고 드러눕는다면 민폐를 넘어 대참사가 될 게 뻔했다. 그렇다고 남편의 바람대로 하늘과 맞닿은 고지에서 재윤이를 불러줘야 할 산행의 특별 사명을 나몰라라 할 수는 없었다. 하는 수 없이 나와 남편의 소원을 일출을 보러 갈 벗들에게 부

| ABC에서 아침을 맞으며

| 안나푸르나 일출

탁하고 나는 일행이 오른 정상, 노랗게 시리고 청아한 산봉우리와 밝아오는 새벽 하늘을 바라보며 그립고 그리운 재윤이를 마음속으로 목청껏 불러주었다. 같은 시각, 나를 대신하는 벗들의 애절한 목소리는 자식을 떠나보낸 부모의 심정이 되어 뜨거운 눈물과 함께 황금빛 설산 안나푸르나의 일출 속에서 높이높이 울려 퍼졌다. 함성이 된 애통과 기원이 된 절규가 해보다 크고 밝은 사랑으로 아지랑이처럼 피어 올랐다.

흰 모자 하얀 손짓 홀린 듯 이끌리어
배낭에 번뇌 싣고 하늘 산에 함께 드니

출렁 다리 첩첩계단 죽을 둥 살 둥
굽이굽이 가쁜 숨 뜨겁게 몰아쉬면

하늘과 맞닿은 황금빛 설산
창공에 입 벌린 동트는 A.B.C.*

그리워 그리운 이름 허공에 불러 보니
남겨진 서러움 푸르른 이끼 되어

새겨진 시간 사이 겹겹의 추억 속

촉촉한 가슴 저편 희미하게 내린다.

Dovan의 도반들 구름 속 노닐 때
흰 꼬리로 눈 맞추는 마차푸차레

아쉬운 마음 무거운 발길
흙먼지 날리며 돌아앉은 계곡

호수가 품어 안은 안나푸르나
구름이 삼켜버린 마차푸차레

돌아오려 떠난 자리
돌아오니 낯선 자리

털어내고 얻은 마음
비워내고 채운 가슴

젊은 그대 아나 모르나
곤한 나의 안나푸르나

* Annapurna Base Camp

위로의 방식

때로는 밥과 빵이 아니라 마음과 피부에 와 닿는 위로가 사람을 살리고 일으키기도 한다. 따스한 마음과 공감으로 열린 귀를 가진 사람의 곁과 숨결은 삶에 지쳐 위로가 필요한 사람뿐 아니라 모든 사람이 행복하게 살아가는 조건이 아닐까.

자식을 먼저 떠나보낸 깊은 상실의 아픔을 겪으면서 극한의 고통이 가져다주는 슬픔과 그에 대한 주변의 태도와 위로에 대해 많이 느끼고 경험할 수 있었다. 사람들의 무신경한 언행이 때로는 상처가 되기도 하였고 무심한 침묵이 때로는 매정한 무관심으로 느껴지기도 했다. 피부를 한꺼풀 벗겨낸 것 같이 한껏 예민해진 나는 배려없는 상대방의 태도에 소스라치게 놀라곤 했는데 그건 마치 콤플렉스와 열등감이 있는 사람들이 별 뜻 없이 흘리는 남의 말에 혼자 상처를 받고 아파하는 것과 다르지 않다는 걸 알았다.

누구나 알 만한 슬픔과 고통 중에 있는 상대를 앞에 두고도 얼마나 많은 사람들이 적절한 위로를 할 수 없는지와 배려 없는 잘못된 소통의 방식 때문에 관계까지 어긋날 수 있다는 것도 깨달았다. 생색이 나지 않아 자기 존재를 과시할 수 없는 타인에 대한 공감과 위로는 보이는게 아니라서 무가치한 것으로 여겨지는지 모른다. 배우지 못한 소통과 알지 못하는 상생의 언어로 우리가 서로 얼마나 자주 오해하고 상처받으면서 외로워하는지 새삼 놀라웠다. 함께 사는 법을 가르치지 않는 학교와 가정, 남을 이기고 성공하는 기술과 방법에만 올인하는 사회에서 우리는 무엇을 배우고 가르쳐 왔는지 돌아보게 되었다. 내일을 마음껏 누리기 위해 오늘을 억압하고 나를 드러내기 위해 상대방을 무시하는 방식이 교육을 넘어 제도와 일상이 된 것은 아닌지. 관심에서 비롯되는 막힘없는 소통과 끈끈한 관계는 상대방의 입장과 처지에 대한 바른 이해와 헤아림, 크고 작은 공감과 위로를 통해 지속되는 사랑의 기술인 것 같다.

보이지 않아 아무도 가르쳐 주지 않고 이익이 없어 배우려 하지 않는 소통과 관계의 언어야말로 사람다운 삶을 온전하게 지속시키는 원천이고 본질이라 생각한다. 표정과 제스처, 행간에 꼭꼭 숨은 마음의 소리처럼 호의와 관심에서 시작되는 대화의 실마리는 가까이에서 곁을 내어주는 온기로 엮여 나눔과 상생으로 피어나는 것이 아닐까.

가만히 있으면 중간이나 간다는 말은 언제 어디서나 적용되는 진실이 아니다. 중간이나 가는 침묵도 있지만 상처를 넘어 사람을 목 조이는 침묵도 있다. 꼭 해야 할 말을 하지 않으려고 꾹 다문 입에는 때로 자기 과시가 숨어 있는 것 같아 불편할 때가 있다. 누군가의 곤경과 위기를 구경꾼처럼 가만히 바라보는 태도를 사랑이나 위로라고 여기는 사람은 없을 것이다. 멀리서 바라만 보는 이심전심은 섭섭함과 오해만 불러올 뿐이지 원만한 관계를 이어가는 데 아무짝에도 쓸모없는 기술이다. 애써 준비하지 않아도 곁에서 자연스레 전해지는 따스한 말 한마디나 온기가 깃든 눈빛과 손끝에 울컥해지는 건 그 하나에 배어 있는 진심 때문일 것이다. 위로가 필요한 사람들은 자기가 처한 상황에 대한 어설픈 훈계나 판단이 아니라 고인 아픔을 정성껏 들어주는 마음의 귀와 슬픔을 나누려는 온기에 목이 마를 뿐이다. 누구나 하기 쉬운 섣부른 간섭이나 참견보다 잠시 입을 닫고 한번 더 상대방의 처지를 헤아리는 신중함이야말로 배려의 첫 단계, 품격의 주춧돌일 것이다.

상처와 분노의 공감. 살며시 다가가 입을 닫고 마음과 곁을 오롯이 내어 주면 되는 일. 가슴에 들어찬 울분과 슬픔을 밖으로 꺼낼 수 있도록 돕는 대화와 소통은 찬 머리의 지식이 아닌 마음의 본성에서 비롯되는 지혜일 것이다. 소통의 도구가 요즘처럼 차고 넘치는 세상에서도 하기 어려운 따뜻한 공감과 진정한 위로는 사람에 대한 관심과 애정에서 시작되는 잃어버린 본능인지 모른다. 각기 제자리에서 한걸음씩 더 나아가기 위해 몸부림치는 모두에게 필요한 지지와 격려는 말보다 마음, 입보다 귀, 생각보다 곁이 되어 주려는 사랑의 방식이자 위로의 방식이 아닐까.

위로는 온 마음으로 내어주는 귀

위로는 따뜻하게 잡아주는 손

위로는 어깨에 맞닿는 체온

위로는 따스한 마음이 머뭇거리며 전하는 온기

위로는 함께 쉬는 잔잔한 한숨

위로는 함께 흘리는 눈물

위로는 묵묵히 내미는 하얀 손수건

위로는 눅눅한 상대를 향해 열린 품

위로는 너만을 위한 시간

위로는 사심 없는 공감

위로는 어두운 곳에서 함께 바라보는 빛

위로는 땅 밑에서 움트는 사랑의 씨앗.

그래서 다시

아래에서 위로.

| 동생과 함께

애인 있어요

활짝 핀 봄꽃처럼 싱그럽게, 알콩달콩 예쁜 사랑이 싹트는 나이, 스무 살 재윤이도 드라마처럼 달달한 사랑을 꿈꾸고 있었다. 외모 지상주의가 만연한 세상에서는 도무지 어필하기 어려운 사랑의 악조건 속에서 외사랑, 짝사랑이 자라는 건 어쩌면 당연한 것이었는지 모른다.

여러 모양의 사회적 냉대와 홀대, 무시와 놀림을 나름의 방식으로 이겨내며 자기만의 꿈과 색깔을 찾아가던 재윤이가 어려서부터 특히 좋아했던 건 신나는 음악이었다. 동요보다 가요를, 발라드보다 락을 좋아했던 재윤이는 몸 속에 흥과 리듬이 숨어있는 분위기 메이커 같았다. 스포트라이트와 군중들의 시선이 집중되는 무대를 좋아하고 즐기는 삼바의 여인, 대중의 사랑을 먹고사는 관심종자가 틀림없었다.

그런 재윤이가 스무 살 무렵 언제부턴가 의미 있는 표정으로 이은미의 발라드 〈애인 있어요〉를 수시로 따라 부르곤 했다. 옆에서 가만히 가사를 음미해 보니 짝사랑하는 상대가 자기 마음도 모르고 애인이 없는 것을 걱정해 주자 내가 사랑하는 사람이 너라는 걸 왜 모르냐는 탄식 섞인 독백이었다. 노래의 주인공은 바로 재윤이라는 걸 금방 눈치챘으나 그렇다고 내가 해줄 수 있는 것은 아무것도 없었다.

나중에 안 일이지만 재윤이는 같은 학교 남자친구를 짝사랑하고 있었다. 몸이 성치 않은 재윤이가 의지할 만한 건장하고 믿음직한 친구가 아닌 것이 아쉬웠던 나는 눈치도 없이 슬쩍 속내를 비추고 말았는데 눈에 덮인 콩깍지 때문인지 아랑곳하지 않고 자기만의 사랑을 소중히 지켜갔다.

남몰래 짝사랑을 키워가던 재윤이 마음이 처참히 무너진 건 그 만남을 탐탁지 않게 여겼던 엄마의 심술이 아니라 며칠 후 털어놓은 그 친구의 '커밍아웃' 때문이었다. 될 수 없는 애인, 이루어질 수 없는 사랑이었다.

첫사랑이 꽃 피기도 전 뿌리째 말라 버려 아프고 속상했던 마음은 재윤이가 병상에 꼼짝없이 누워, 나와 도란도란 나누던 속 깊은 대화 속에 묻어 있었다. 마치 좋았던 옛일을 회상하듯 옅은 미소를 띤 재윤이의 얼굴에는 지난날 사랑에 가슴앓이하며 들뜨고 짜릿했던 순간들이 스쳤다. 무너지는 가슴으로 짝사랑을 정리해야 했던 그 모든 시간을 아우르며 운명과 삶을 넉넉히 감싸 안는 표정은 흡사 오랜 인생의 경험과 성취를 담담하게 추억하는 노년의 모습처럼 보였다.

이성에 눈떠 남들처럼 데이트도 해 보고 싶었던 풋풋한 청춘, 스무 살 재윤이가 끝끝내 이루지 못한 소박한 사랑.

이제 나의 영원한 애인이 되어 하늘나라로 떠난 내 가슴속 재윤이와 그가 생전 사랑했거나 또는 미처 사랑하지 못한 사람들을 위해 나도 재윤이처럼 오래오래 이 노래를 부르려 한다.

내 눈에만 보이는 소중한 당신, 내 입술에 영원히 담아둘 당신, 가슴 깊이 숨겨 두고 싶은 당신, 당신만 모르는 그 사람. 애인 있어요.

워드를 치다가 컴퓨터가 글자를 인식하지 못했을 때 그림
도 글자도 아닌 이상한 모양들이 나타나곤 한다. 뜬금없이 나타
나는 그 글자는 어색한 입모양과 낼 수 없는 발음으로 장난스런
웃음을 유발했는데 그런 형태의 글자가 어떻게 생겨나 어떨 때
사용되는지 몰랐지만 오류의 표시임은 확실했다. 그런데 후일
그 오류의 기호 중 하나가 바로 '나'를 지칭하는 것이 될 줄이야.

재윤이가 장애를 가지고 태어났을 때 나는 온 마음으로 아이
를 받아들일 수 없었고 애정보다는 모성의 책임감으로 양육과 치
료에만 올인했다. 건강하지 못한 아이를 안고 병원 문이 닳도록
드나들며 최선을 다해 정상을 되찾아주려 했던 노력의 고통만큼
재윤이가 커가면서 당하는 무시와 따돌림이 내게는 또 다른 아픔
과 상처가 되었다. 수차례의 첨단 의학적 수술과 치료로 거둔 나
름의 결실에도 불구하고 재윤이는 여전히 불완전한 몸을 가지고

있어 아물지 않는 마음의 상처는 무엇으로도 치유될 수 없었다. 어쩌면 재윤이와의 갈등은 처음부터 내 마음속에서 싹텄는지 모른다.

어릴 때는 재윤이의 건강하지 않은 몸 때문에 내 몸과 마음이 바빴다면 자라면서 나와 대척점에 있는 그의 개성까지 상대해야 하는 것까지 겹으로 고단했다. 재윤이 역시 가까우면서도 멀기만 한 엄마 때문에 힘들기는 마찬가지였을 것이다. 재윤이를 향한 한마디에도 쌓이고 쌓인 분노가 날카롭게 묻어났고 그걸 모를 리 없는 재윤이는 쇠 창검 같은 엄마에게 서서히 마음의 빗장을 걸어 잠갔다. 재윤이는 학교 친구들과 선생님한테만 마음을 열었고 어두운 표정과 퉁명스런 말투는 오로지 엄마를 향한 것이었다. 얼굴의 미소는 사라진 지 오래였고 어울리지도 않는 굳은 표정으로 돌아서기 일쑤였다. 엄마와 마주치지 않으려고 방에만 박혀 있던 재윤이는 한밤중 컴퓨터로 익명의 사람들과 소통하며 스트레스를 풀곤 했다. 만나지 않아야 가까워질 수 있는 사람들은, 한지붕 아래 살면서도 가까워질 수 없는 엄마처럼 가까이하기엔 너무 먼 사람들인지 모른다.

아마 그 무렵이었을 것이다. 우연한 기회에 보게 된 재윤이의 폰에 '엄마'라고 찍힌 번호는 선생님 것이었고 내 번호는 '꺊'에 저장되어 있었다. 눈이 의심스러웠지만 말도 아니고 소리도 아닌 그 글자에는 엄마에 대한 반항과 엄마의 사랑을 갈구하는 마음 그리고 둘 사이의 갈등이 고스란히 담겨 있었다. 인정하지 않으면서도 끝내 지워내지 못한 엄마를 한껏 비아냥대며 저장해 둔 재윤이만의 반항이었다. 이런 모녀지간은 분명 정상이 아니었다. 글자를 제대로 인식하지 못했을 때 나타났던 오류의 기호. 그러니까 나는 재윤이에게 받아들일 수도 인정할 수도 없는 비정상, 오류투성이, 허울뿐인 엄마였던 셈이다. 내가 재윤이를 그렇게 바라보고 생각해 왔듯이.

그때부터 화두가 된 '꺊'은, 내가 다시 재윤이의 폰에 '엄마'로 저장되고 재윤이와 진심 어린 눈빛과 사랑의 마음을 주고받기까지 스스로를 돌아보고 일그러진 자아를 보듬어 일으켜 주는 계기가 되었다.

나 또한 살면서 충분히 받지 못한 엄마의 사랑과 꼭 함께 나누었어야 할 가족 간의 진정한 소통과 화해를 묻고 덮어 둔 마음의 상처가 덧나고 곪아 치유가 필요한 상태였다. 게다가 나는 사회가 규정해 놓은 '장애는 비정상'이라는 몹쓸 편견 때문에 외형적 '정상'에 집착하여 재윤이의 몸을 고치는 일에만 몰두하느라 나와 재윤이의 마음과 내면의 상처를 까맣게 잊고 있었다. 신체적 장애를 가진 재윤이의 온전하고 성숙한 마음까지 싸잡아 비정상으로 치부해 의심하고 간섭하고 훈계하고 비난하였으니 모녀의 관계가 틀어지는 것은 어쩌면 당연지사였다.

몸을 정상으로 고치느라 여유 없고 바빠 망가진 마음으로 재윤이를 살피지 못하는 어리석음을 그쳐야 할 때가 되었다. 과거에 얽매여 자책과 한탄으로 시간을 허비하기보다는 깨닫게 된 문제의 근원에서부터 차근차근 풀어나가면 될 것이다. 또 사람이 풀 수 없는 일은 기도와 간구로 의탁하면서 하늘이 축복해 주신 재윤이의 온 존재를 긍정하고 수용하고 사랑하기로 했다.

누가 뭐래도 무조건 자신을 지지하고 사랑해 줄 단 한 사람, 나는 재윤이에게 그런 엄마가 되고 싶었고 넉넉하고 따스한 '엄마'의 품이 아니라면 재윤이는 어디서도 살아갈 힘을 얻지 못할 것이다. 하나님이 모두와 함께할 수 없어 각자에게 엄마를 주었다는 말은 사람이 살기 위해 배우고 느껴야 할 정서의 근본과 원형이 모성애에 있다는 엄중한 선언처럼 들렸다.

내리사랑은 있어도 치사랑은 없다고, 먼저 바뀌어야 할 쪽은 재윤이가 아니라 엄마인 나였고 온기와 사랑도 내가 먼저 주어야 했다. 감성과 직감의 본체 재윤이의 해맑은 웃음과 용서로 다시 시작된 우리의 사랑은 시원하고 달콤했다. 잊고 살았던 내 안의 상처와 해결하지 못한 사랑의 고리 그리고 장애의 편견에 대한 뒤늦은 자각으로 재윤이에 대한 내 마음과 태도가 서서히 바뀌어 우리는 조금씩 모녀지간 불협화음을 털어낸 사랑의 정상 궤도에 올랐다. 불치병 루게릭은 재윤이와 내가 나눈 마지막 불꽃 같은 사랑의 다른 이름이었다. 어둔 죽음의 그림자가 드리워진 절망의 병상에서 우리는 작은 사랑의 불씨로 우리만의 충만한 빛과 온기를 만들어냈다.

불신의 '깡'이 감동의 '깎'이 되어 재윤이와 나눴던 짧고도 강렬했던 사랑의 이야기는 말로는 하기 힘든 슬픔의 자리에 달콤한 추억, 빛의 멜로디로 남아 오늘도 촉촉하게 가슴에서 맴돈다.

다시 만날 때까지

재윤아 네가 떠나간 지 벌써 3년, 늘어진 엿가락 같았던 시간을 한꺼번에 뭉쳐 놓은 느낌으로 와 닿는구나. 길고도 짧다는 흔한 말이 시간과 함께 깊이와 질감으로까지 새겨진 세월이다. 영원히 붙잡고만 싶은 너와의 시간은 지독한 고통과 때를 알 수 없는 죽음을 전제로 하는 것이었지. 과연 무엇이 누구에게 좋은 것인지 나에게조차 답하지 못하면서 다만 우리에게 주어진 하루를 사랑의 마음으로 힘껏 살았던 나날은 피폐해져 가는 서로의 몸과는 달리 충만하고 풍성한 느낌이었지. 처음 경험해 본 하나 된 느낌이라 해야 할까. 누구도 눈치 챌 수 없는, 주고받는 사람끼리만 알 수 있는 벅찬 감동이었다.

가슴에 묻은 너를 생각할 때마다 그 온기와 흔적이 얼마나 깊고 넓은지 실감하게 된단다. 도처에 널린 네 이야기와 모습들이 내 시선을 허공에 붙잡아 놓을 때면 엄마는 다른 차원의 세상에서 마치 둘만의 여행을 하는 것 같아. 단조로운 일상은 너의 부재로 더 특별한 나만의 이야기가 되어 때로는 무기력한 슬픔이나 외로운 그리움으로 번지기도 하지.

돌아갈 수 없는 것이 어디 뻔한 일상뿐이겠니. 웃음이나 눈물도, 해야 할 일과 하고 싶은 일까지 예전과는 사뭇 달라진 모습으로 얼룩진 시간이 데려다 준 오늘을 살아가고 있단다. 네가 없어 예전처럼 웃을 수 없듯 너 아니면 이젠 울 일도 별로 없고 너 때문에 힘들었던 어제보다 네가 없어 무기력해진 오늘이 더 버거운 것만 같다. 너와 함께 했던 장애나 병상의 고통은 어쩌면 내가 네게서 받았던 위로의 다른 이름이거나 존재의 이유였나 보다.

지나 봐야 안다는 건 그 과정 속에 있을 때는 진의를 놓치거나 잊기 쉽다는 말일 수도 있겠지. 너를 보내고 난 지금에야 너와 함께 맞아야 했던 숱한 역경이 무슨 의미인지 알 것도 같구나. 누구나 겪어보지 못해 오롯이 나만의 것이 된 상처와 슬픔 못지않게 겉으로는 쉽게 볼 수 없는 세상살이의 속살과 꽁꽁 감춰 둔 사람과 관계의 내밀한 속마음까지 알게 되었지. 눈물 젖은 빵이 아니라 눈물로 지은 밥을 먹은 내가 알게 된 세상의 이면과 내성이라면 누구나 쉽게 알 수 있는 흔하게 널린 것은 아닐 거야.

익숙하고도 낯선 비정함이나 처음 접했던 누군가의 다정함도 어쩌면 너를 통해 경험하고 깨달아 알게 된 귀한 선물인지도 모르겠구나. 사람이 얼마나 서로 다른지와 또 얼마나 복잡한 존재인지 다시 알았지. 살면 살수록 내가 모르는 것이 도처에 차고 넘친다는 걸 알게 되는 것이 나 같은 장삼이사, 갑남을녀들이 걷는 삶의 노정일까.

결코 되돌릴 수 없는 처음이 아니라 한층 깊어진 첫 설렘으로 살아가고 싶은 마음은 아직 바람과 소원에 그치고 있단다. 네가 주고 간 통찰과 분별의 힘으로 세상의 진위를 판단하고 상대를 깊이 헤아리면서 위로와 사랑을 나누기엔 아직 내 여력이 부족하니까 말이야. 너를 보낸 눈물이 아직도 마르지 않아 누구를 배려하고 위로하기엔 힘겹고 벅찬게 사실이다. 허전함과 슬픔은 시간이 흐른다고 옅어지는 게 아니었어. 한 아기를 온 마을이 키워 낸다는 말처럼 이별의 아픔도 함께 나눠야 일어설 힘이 생기는 건지 모르겠구나. 기쁨은 나누면 배가 되고 슬픔을 나누면 반이 된다는데 아직도 나누지 못한 슬픔이 고여 있는 까닭인가 보다.

너를 보내고 나서야 네 웃음 속에 얼마나 많은 이야기와 진심이 담겨 있었는지도 알게 되었지. 그 미소에는 사람을 감싸주는 넉넉한 품과 너그러움이 숨어 있고 오늘의 인내와 내일의 희망,

모두를 아우르는 따스함까지 녹아 있었더구나. 이 모든 걸 품어 안고 화사하게 웃던 너는 바로 그 웃음에 깃든 큰 사랑으로 나를 가르치고 다시 내 편이 되어 곁을 지켜 주었잖니. 이따금 내가 진짜 엄마인 줄 아느냐고 했던 농담은 엄마의 자격이 부족한 내가 네 사랑과 가이드를 받고 있다는 느낌에서 나온 진심이었어. 선생 같은 딸, 엄마 같은 너를 끌어안기엔 내 품이 너무 작았던 모양이야.

엄마가 아직도 힘들어하는 이유를 너는 알지? 이생의 일을 마치고 다음 삶을 위해 서둘러 떠난 너 때문이 아니라 네가 준 그 사랑과 위로를 더 이상 누구에게서도 받지 못하게 된 외로움 때문일 거야. 엄마는 부족했던 지난날과 결코 미룰 수 없는 오늘의 사랑을 주기 위해 병상의 너에게 올인했지만 너는 내게 받은 사랑보다 더 많이 나를 위로해 주었지. 어쩌면 아무도 모르는 사랑으로 내게 온 네가 그 누구도 상상 못할 사랑의 방식으로 네 안의 하늘 보화를 건네 준 건 아니었니? 아직도 이렇게 징징대는 엄마를 너만큼 위로해 줄 이 없어 여태 이렇게 너를 놓아주지 못하고 있잖아.

지나간 것은 지나간 대로 의미가 있다는 노랫말처럼 지독했던 지난 시간 또한 나의 삶이자 내일의 주춧돌이 되겠지. 다다를 고지를 바라보며 닦달하듯 몰아대며 숨 가쁘게 살아왔던 나를 천천히 위로해 가며 너처럼 느리게 세상을 속속들이 느끼면서 살아 보고 싶구나. 축축한 나를 쉬게 해주고 부드럽게 위로하면서 몸과 마음이 다시 보송해진다면 그땐 나도 누군가의 상처와 아픔을 헤아리고 어루만져 주는 곁과 품이 될 수 있을 거야. 엄마는 오랜 시간 네 상처와 아픔을 온전히 품고 병상에서도 놓을 수 없었던 소망까지 고스란히 받아 안느라 몇 겹의 땀과 눈물로 몸과 마음을 채워 왔으니까. 함부로 말할 수 없고 누구라도 공감하기 어려운 어려움과 역경을 두루 헤쳐 왔던 너를 대신해서 엄마가 이웃에게 내어줄 수 있는 건 너와의 경험을 통한 이해와 배려 그리고 공감의 위로가 아닐까.

빛의 옷을 입고 함께 무지개를 탄 우리가 하얗게 웃으며 맞을 그 날을 위해, 다시는 이별이 없는 영원한 사랑을 나누기 위해 내 안에 심은 너의 사랑을 꽃 피우고 열매 맺어야 할 텐데.

우리 다시 웃으며 만날 때까지.

에필로그

떠난 후에야 알 수 있는 진실, 함께라서 알지 못했던 내 마음을 찬찬히 돌아보았던 시간이었다. 위기와 절정의 아픔을 통해서만 드러나는 실체, 애써 눈 감고 덮어 왔지만 더는 감출 수 없는 관계와 낱낱한 속마음을 하나하나 들추고 들여다보면서 지금껏 내 눈을 덮고 있던 한꺼풀의 막이 벗겨진 것 같았다. 불편한 진실과 마주하기 껄끄러운 묵은 시간을 인정하고 수용하는 일은 나를 둘러싼 삶을 통째 부정하는 것 같은 고통이었다.

털어내지 못한 아픔과 위로받지 못한 슬픔은 스스로도 놀랄 만큼 길고 무거웠으며 절대 고독과 외로움 몸부림은 때때로 세상에 대한 분노와 냉소의 활화산이 되기도 했다. 불면증과 무기력으로 수시로 머리가 아팠고 몸은 녹초가 되어 밑도 끝도 없이 가라앉는 느낌이었다.

자식을 떠나보낸 이별의 아픔을 간직한 채 가슴에 묻은 자식을 향한 그리움을 문장으로 만들어내었던 시간은 어쩌면 지독한 외로움과 슬픔에서 나를 건져내기 위한 다독임과 위로의 방식이었는지 모른다.

고통스러웠던 경험과 쓰라린 마음을 글로 풀어쓰는 일은 남은 삶을 재창조하는 일이었다. 아무도 모르는 깊은 슬픔은 단어와 문장 사이에서 눈물이 되었고 쓰라린 가슴에서 끄집어낸 상처입은 말들은 제자리를 찾아가면서 나를 살며시 어루만졌다. 겹겹이 구겨지고 조각조각 찢어진 마음에서 퍼 올린 글과 문장은 재윤이와의 불꽃 같았던 지난 시간을 돌아보며 미처 몰랐던 동행과 삶의 의미를 되새기게 해 주었고, 알지 못하고 지나버린 순간과 찰나의 행복했던 시간을 영화의 한 장면처럼 재현해 주었다. 자식을 가슴에 오롯이 묻기 위해 조금씩 희미해지려는 기억을 되살려 드러내는 작업은 생각보다 어려웠다. 애써 집중하지 않으면 건져내기 어려운 추억과 웅크린 마음은 애통과 눈물로 뒤덮여 있었다.

첫 출산의 고통을 잊고 다시 새로운 생명을 기다리는 엄마처럼 속속들이 길어낸 상처난 마음과 아직 퍼 올리지 못한 희망까지 담아 재윤이와 우리의 시간을 책으로 엮었다. 어쩌면 이 책은 우리의 지난날을 돌아보며 치룬 한바탕 씻김굿이자 하늘을 향해 토해내는 고해성사이며 세상을 향해 희망으로 부르는 아리

아인지 모른다.

재윤이가 떠난 지 3년이 되는 지금에야 나는 이 한 권의 책으로 탈상을 할 수 있을 것 같다.

당신만큼 아팠던 사람 여기도 있다고. 쓸리고 잘라나간 가슴으로 당신 곁에 있다고. 그러니 우리 함께 토닥이며 슬픔을 나누자고. 아직 내 눈물도 닦지 못한 내가 나만큼 아픈 누군가에게 손을 내밀고 있다.

절망의 옷을 입은 희망으로 뜨겁게 살아왔던 재윤이와 나는 묵묵히 병을 견디거나 안간힘을 쓰면서 한 걸음 한 걸음 죽음을 향해 동행했다. 돌아보니 우리가 기를 쓰고 살아낸 병과 간병의 시간도 고통과 소망을 함께 나누려는 '마음'이 먼저였음을 알게 되었다. 병상에서 나만 바라보는 재윤이와 곁에서 재윤이만 바라보던 나는, 서로에게 모든 것을 내어주려는 마음으로 언제나 함께하고 있었다. 어둡게 꺼져가는 몸을 오로지 빛을 향한 서로의 마음으로 지탱하고 있었던 것이다.

보이지도 않으면서 사람을 살리는 힘, 만질 수도 없지만 고통을 견디게 하는 원천, 색도 모양도 없이 온기로만 삶의 의욕이 되는 본체. 매 순간 온기와 냉기 사이를 수도 없이 오가는 '마음'이야말로 나를 일으키고 서로를 살리는 삶의 본질임을 알게 되었다. 우리는 언제나 사랑받기 원하고 항상 위로받고 싶어 하면서도 나와 조금도 다르지 않은 상대의 마음을 자주 잊고 산다. 다른 사람의 말과 행동에 쉽게 상처받으면서도 자기를 지키기 위해 남에게 더 많은 상처를 주고 마는 예민하면서도 무감각한 우리들.

마음이 편안하다는 것은 공감으로 이루어지는 관계가 튼실하다는 것이고 내 곁에 항상 나를 지지해 주고 살펴주는 내 편이 있다는, 든든하고 푸근한 내면의 상태일 것이다. 어쩌면 가화만사성家和萬事成은 안심만사성安心萬事成의 확장판이 아닐까.

나를 위로하려고 끄적거린 글을 하나둘씩 모으고 엮으면서 내 슬픔에 겨워 제대로 돌아보지 못했던 가족들의 외로움도 만나게 되었다. 운명이라는 거대한 파도에 휩쓸리느라 세심히 살피지 못하고 지나쳤던 아프고 상처난 마음의 결이 그제서야 보였다. 운명의 뒷통수를 제대로 맞고 쓰러져 소리 내어 울지도 못한 채 괜찮은 척 일어나 묵묵히 걸어왔던 채림이와 의연하게 아픔을 딛고 일어서서 가족의 든든한 울타리가 된 남편의 고인 슬픔은 어쩌면 가족 모두의 것이었다. 말하지 않아도 너무 잘 알 것 같아 그 고통을 헤집지 않으려고 서로 입조차 떼기 어려웠던 애도와 애통의 마음이 문장을 통해 서로에게 스미고 번지는 느낌이었다. 글을 쓰며 비로소 알게 된 아물지 않은 상처와 아직도 마르지 않은 눈물 그리고 위로받지 못해 바로 서지 못한 얼룩진 마음이야말로 책이 우리 가족에게 준 선물이었다. 지나간 시간, 알면서도 몰랐던 서로의 마음이 돌아보기와 복기를 통한 글쓰기로 조금씩 헤아려졌고 풀리지 않았던 서러움과 오해까지 어루만질 수 있었다.

책을 통해 널리 인간을 이롭게 하려는 홍익인간 정신은 내 가족의 마음 돌봄에서 시작되고 있었다.

숨 쉬기도 버거운 삶을 꾸역꾸역 살아내려 발버둥치다가 다시 컴퓨터 앞에 앉아 글을 쓰고 있는 나를 보며 살아있다는 것은 가능성이며 나조차도 알기 어려운 희망의 여지임을 깨닫게 되었다. 예기치 않은 실패와 성취에 울고 웃으며 꿈꾸고 움직일 때 나는 단지 살아내는 것이 아니라 오늘을 힘껏 살아가고 있음을 알았다. 울다가도 웃을 수 있고 넘어졌다 일어날 수 있는 열린 가능성이야말로 존재의 이유이자 꿈의 원천이 아닐까.

생로병사, 어두운 병과 죽음에서 시작된 이야기가 다시 희망과 삶으로 마무리되었다. 죽음을 전제하지 않는 삶만큼 삶으로 승화되지 않은 죽음 역시 끝없는 고통의 나락일지 모른다. 재윤이가 온 몸으로 밝혀 준 빛이 죽음을 통해 남은 삶을 비추고 삶이 다시 죽음을 통과하는 날개가 되었으면 좋겠다.

책으로 엮은 나와 우리의 이야기를 무지개 너머에서 하얗게 웃고 있을 재윤이와 나누려 한다. 첩첩의 고통으로 나를 내몰면서도 눈부시게 그럴싸한 세상과 갈라놓고 가장 가까이에서 나를 사랑하고 위로해 주었던 나의 반쪽. 미완의 손끝에 담은 공감의 온기로 상처와 허점투성이 내게 찾아왔던 작고도 여린 사랑의 사람. 이제는 세상이 줄 수 없는 하늘의 위로로 언제나 엄마를 지켜 주는 나의 재윤이와.

재윤이가 마지막까지 그토록 살고 싶어했던 '오늘'이 하루가 우리의 몸과 마음을 뜨겁게 아우르는 한뼘 징검다리였으면…….